Dissipando a Tirania

Dissipando a Tirania

PIET PRINS

SUMÁRIO

1

NOVIDADES EMPOLGANTES

"Pai! Mãe! Vi o Conde Lodewyk! Ele passou pela cidade montado em um cavalo negro!", Martin gritou, enquanto corria para a humilde casa onde seus pais estavam jantando. "A cavalaria o seguia, e, onde quer que fosse, o povo o aplaudia!". Os olhos de Martin brilhavam de empolgação.

"Acalme-se, jovem, e tenha boas maneiras", seu pai admoestou. "Você está há mais de uma hora atrasado e sua Mãe estava bastante preocupada com você. Por que está tão atrasado?".

Martin corou. "Eu tive que entregar três metros de pano para um cliente", murmurou.

"E essa é a única razão para você estar atrasado?", seu pai perguntou.

O rosto de Martin ficou ainda mais vermelho. "Não, Pai", ele respondeu com sinceridade. "No meu caminho de volta, vi o Conde Lodewyk com sua cavalaria[1], então corri atrás dele com alguns outros meninos. Eu estava tão feliz e empolgado. Todo mundo diz que o Conde vai invadir a Holanda porque o Príncipe de Orange lhe pediu isso. Talvez possamos voltar para nossa casa em breve!".

Sr. Meulenberg relaxou. "Estamos muito felizes em ouvir isso, filho", disse ele não mais zangado. "Seria maravilhoso se

---

1   Uma companhia de cavaleiros.

pudéssemos voltar à nossa pátria e ter o Evangelho pregado livremente também. Posso compreender que, ouvindo esta boa notícia, você tenha se esquecido de prestar atenção no horário. Mas não vamos ficar muito animados ainda. Ainda temos de lidar com o Duque de Alba[2] e seus soldados espanhóis. Não há exército mais forte em qualquer parte do mundo!".

"O Senhor pode destruir o seu exército", disse calmamente a Sra. Meulenberg.

O marido concordou. "Tem toda a razão, Mãe, mas não sabemos se o tempo dEle chegou. Ah, se a liberdade estivesse próxima".

Enquanto isso, Martin tinha se assentado à mesa. Depois que orou, também começou a comer seu jantar: uma fatia de pão de centeio escuro coberto com uma mistura de gordura e xarope. Para o menino faminto, aquilo tinha um sabor muito bom.

Muito aconteceu desde que os Meulenbergs saíram da Holanda[3]. Depois que o Sr. e a Sra. Meulenberg foram heroicamente libertados da torre da aldeia, eles escaparam de sua cidade natal sem Martin porque ele estava longe de casa. Boudewyn, o ferreiro, tomou Martin sob seus cuidados, e, juntos, eles fizeram a perigosa viagem para Emden[4], onde Martin reencontrou seus pais. Por várias semanas, os Meulenbergs e Boudewyn ficaram em uma pousada. Durante esse tempo, conseguiram guardar madeira barata daqui e dali e, com isso,

---

2   Ferdinando Alvarez de Toledo, o Duque de Alba, foi nomeado capitão-geral em 1567 por Filipe II, o rei da Espanha e Senhor da Holanda. Ele invadiu a Holanda com um exército espanhol e disse com desdém: "Eu domei o povo de ferro (os turcos) no meu tempo, não hei facilmente esmagar esses homens de manteiga (os holandeses)?".

3   Ver *Quando o Dia Nasceu*.

4   Cidade-refúgio alemã para os protestantes holandeses.

construíram uma casa pequena e humilde ao lado dos portões da cidade.

O ferreiro morava com os Meulenbergs. Ele obtinha uma pequena renda consertando navios no porto de Emden. Muitos desses navios pertenciam a piratas holandeses, chamados de Mendigos[5], que estavam fazendo todo o possível para perseguir e frustrar a frota espanhola.

Boudewyn era sempre requisitado a viajar para o interior da Alemanha, a Wesel, ou até mesmo para Dillenburg[6], a fim de entregar mensagens importantes. Em certa ocasião, ele havia visitado Henrique van Brederode no seu castelo em Reckling-hausen. Porém, há algumas semanas, em fevereiro do ano de 1568, Brederode, o alto e imprudente Mendigo, morreu subitamente. Agora, além de em Deus, o povo reformado colocara toda a sua esperança no Príncipe de Orange e em seu irmão, o Conde Lodewyk.

Algumas semanas antes, Boudewyn saiu em uma de suas viagens, e os Meulenbergs não tinham certeza de quando ele voltaria.

O Sr. Meulenberg tinha encontrado trabalho em uma fazenda. Sendo agricultor e tendo sido obrigado a abandonar a própria fazenda, inicialmente foi difícil para ele servir como mão de obra assalariada. No entanto, ele aceitou a situação e tentou ser feliz, mesmo ao fim do dia, quando chegava em casa muito cansado.

---

5   Em 1566, muitos grupos de jovens nobres nos Países Baixos exigiram uma mudança de política e a supressão da Inquisição. Eles chamavam-se de "Mendigos", um nome que primeiramente lhes foi dado por desdém. Seu emblema, uma bolsa de mendigo, foi adotado por milhares, tanto da classe alta quanto da baixa.
6   O casa de família (castelo) de Guilherme de Orange.

Martin também ajudou a família a ganhar algum dinheiro. Ele conseguiu um emprego com um comerciante de tecidos.

A Sra. Meulenberg cuidava da casa e preparava as refeições. Ela passava o resto do seu tempo remendando as roupas dos homens e ainda conseguia vender alguns de seus tricôs.

Desta forma, os exilados foram capazes de suprir as despesas sem usar as economias que haviam conseguido resgatar quando escaparam da Holanda.

Uma coisa que lhes trazia grande felicidade neste país estrangeiro era a liberdade da perseguição. Duas vezes a cada domingo eles podiam reunir-se com seus concidadãos na Grote Kerk[7] para ouvir a pregação da Palavra de Deus. Eles também eram livres para ler a Bíblia sempre que quisessem.

Naquele instante, o Sr. Meulenberg pegou a Bíblia e leu um capítulo em voz alta. Em seguida, eles baixaram a cabeça em oração, e ele os conduziu em ações de graças ao Senhor por seu cuidado durante o dia e pediu a Deus para guardá-los durante a noite. Ele também implorou ao Senhor que libertasse a Holanda da opressão espanhola.

Do lado de fora, a escuridão da noite havia chegado. Uma vela acesa fornecia luz escassa ao quarto minúsculo. O Sr. Meulenberg estava cansado. Tinha sido um dia longo e difícil, e ele queria recolher-se mais cedo. Também era a hora de dormir de Martin.

Porém, enquanto eles se preparavam para dormir, alguém bateu na porta. O Pai abriu, e lá estava Boudewyn. O ferreiro gigante, com sua barba escura, apareceu cansado e empoeirado. Mesmo assim, parecia muito satisfeito.

---

7   Grande Igreja.

A família estava muito feliz em vê-lo, e, por enquanto, todos os pensamentos de ir para a cama foram afastados. A Sra. Meulenberg rapidamente providenciou algo para o ferreiro comer e beber. Ele estava com fome e comeu bem. Mas, com tanta coisa para contar, iniciou sua história antes de terminar de comer. "As coisas vão ficar sérias agora", ele começou. "O Príncipe de Orange não hesitará por muito mais tempo. Alba sequestrou o filho mais velho do príncipe, Felipe Guilherme, que estudava na Universidade de Lovaina, e o levou para a Espanha. Alba presumiu que o Príncipe de Orange abandonaria a causa da liberdade religiosa por temer pela vida de seu filho. Ele estava errado. É claro que o príncipe está profundamente entristecido, mas ainda está determinado a continuar. Tropas estão sendo reunidas em muitas áreas. Os exércitos do príncipe pretendem entrar na Holanda por três ou quatro áreas diferentes. Conde Lodewyk deixará Emden. Como vocês sabem, muitos navios dos Mendigos do Mar já estão aqui no porto e, em poucos dias, haverá ainda mais. Vários membros do Compromisso dos Nobres[8] também chegaram em Emden. Em menos de duas semanas, a invasão deve começar, e eu pretendo ser parte dela!"

"Posso ir também?", Martin perguntou imediatamente.

"Você é muito jovem para isso, meu filho", respondeu seu pai. "Eu vou participar, mas é melhor para você ficar aqui com a Mamãe."

Martin queria responder, mas seu pai não lhe deu chance. Ele perguntou ao ferreiro: "Você sabe mais alguma coisa sobre os planos do Conde Lodewyk?".

---

8   Ver sobre este compromisso em *William of Orange the Silent Prince* [Guilherme de Orange, o Príncipe Taciturno] por W. G. Van de Hulst, p. 42-46

Boudewyn assentiu. "De fato eu sei, mas é confidencial. Não fale com ninguém sobre o que eu vou lhe dizer.

O Príncipe aconselhou seu irmão a iniciar sua ação com uma frota de navios Mendigos saindo de Emden. Eles devem procurar os pontos mais vulneráveis nas fortificações de Alba. A primeira parada provavelmente será em algum lugar ao longo da costa de Lauwerszee, no bairro de Kollum. O nobre frísio Homme Hettinga já se deslocou para Kollum com seu assistente de campo, Wilde Hylke,[9] a fim de reunir mais homens para a frota.

Quando reforços o suficiente estiverem reunidos, os navios provavelmente navegarão para Enkhuizen. Muitas das famílias dos Mendigos vivem naquela região. Após assumir o controle de vários portos marítimos podemos formar um bloqueio ao longo da costa. Isso, tenho certeza, fará muitos mais unirem-se às fileiras do príncipe".

Em sua empolgação Boudewyn continuou a falar com entusiasmo. Em pouco tempo, os outros também estavam contagiados por sua animação. A esperança de que a opressão e a perseguição em sua terra natal logo poderiam acabar ardia em seus corações.

Já era tarde quando eles finalmente se recolheram e, mesmo assim, o sono parecia escapar-lhes. Martin em especial ficou acordado por muito tempo. Seus pensamentos passaram por tudo o que eles tinham ouvido e visto naquele dia. Foi ótimo! Conde Lodewyk era um corajoso cavaleiro. Talvez ele fosse capaz de derrotar o detestável Duque de Alba! No entanto, uma coisa continuou a perturbar Martin. Quando a frota com soldados saísse para sua grande empreitada, Boudewyn e Papai es-

---

9　Wild Hylke; ou Hylke, o selvagem.

tariam presentes, mas ele teria de ficar para trás com a Mamãe. Como se ainda fosse uma criança! Ele não havia amadurecido no último ano? Ele tinha experimentado muitas aventuras e dificuldades em sua fuga da Holanda! De uma forma ou de outra, precisaria convencer o pai de que também era capaz de lutar ao lado deles. Com esses pensamentos em mente, finalmente adormeceu.

2

O ESPIÃO

Na *De Gulden Fonteyn*[10], a pousada dos Mendigos, um grupo formado por diferentes homens estava assentado ao redor da mesa no centro do salão. Os dois irmãos Abels estavam lá, juntamente com vários outros capitães Mendigos, assim como alguns nobres. Um dos nobres era o poderoso lutador, Barthold Entens van Mentheda, que veio de Middelstum.

Espumas de cerveja e de vinho brilhavam enquanto os homens bebiam e conversavam atentamente. O estalajadeiro mantinha-se ocupado servindo seus alegres convidados. A maioria deles o conhecia pelo nome, uma vez que visitavam com frequência. *De Gulden Fonteyn* foi o ponto de encontro mais importante dos Mendigos, e as últimas semanas estavam mais agitadas do que nunca. As coisas estavam começando a acontecer.

Os homens discutiam os últimos desenvolvimentos. Em voz alta, Entens reclamava do conselho da cidade de Emden, que não permitiria que a frota deixasse seus portos. O conselho era simpático aos Mendigos, mas queria permanecer neutro para evitar o confronto direto com o Duque de Alba. Conde Lodewyk agora teria de mudar seus planos. Ele estava considerando invadir Ommelanden[11] por terra.

---

10 A Fonte Dourada.

11 A área em torno da cidade de Groningen; hoje essa é a província de Groningen.

"Isso significa que não há nada para nós, velhos lobos do mar, fazermos?", Perguntou desapontado o forte marinheiro ruivo, Frank Abels.

"Oh, sim, ainda há um trabalho muito importante para nós", respondeu o irmão. "Devemos manter os portos do Rio Ems e o Dollart abertos. Mantenha o inimigo na baía de modo que os alimentos e suprimentos possam chegar para nossas tropas".

Um homem de cabelos escuros, sentado sozinho no canto da sala, não participava da conversa. Ele estava inclinado para frente sobre uma caneca de cerveja, com os braços sobre a mesa. Ele parecia meio adormecido, mas, se alguém o observasse com atenção, veria que seus pequenos olhos escuros estavam muito alertas.

A conversa em torno da grande mesa ficava mais animada. A cerveja e o vinho tornavam os homens faladores. Eles conheciam e confiavam uns nos outros e, portanto, falavam abertamente sobre assuntos que, na verdade, deveriam ser mantidos em segredo.

De repente, Frank Abels notou o homem no canto. Ele cutucou o estalajadeiro no ombro e perguntou baixinho: "Quem é aquele estranho ali?".

"Um refugiado de Brabante. O nome dele é Mommaerts", foi a resposta sussurrada.

"Ele é confiável?"

"Completamente. Ele tem estado aqui por quase um mês e paga sua hospedagem e comida pontualmente. Ele também fugiu por causa da fé e não deixou família. Sua esposa foi afogada pelos perseguidores. Ele frequenta fielmente a Igreja Reformada duas vezes por domingo, mesmo que não consiga entender metade do que é dito, porque o pobre homem é bem surdo. É muito difícil ter uma conversa normal com ele. Ele parece ter dinheiro suficiente e, por isso, não precisa trabalhar. Ocasionalmente, ele vai para a cidade, mas muitas vezes fica só dormindo na sala. Ele é um homem digno de pena".

Capitão Abels ficou tranquilizado. Os outros, enquanto continuavam com sua discussão barulhenta, não notaram a conversa sussurrada.

Muitos outros jarros de cerveja foram esvaziados, mas estava ficando muito tarde. Logo os homens levantaram-se para sair. Os capitães Mendigos voltaram para seus navios, outros retiraram-se para os quartos que tinham reservado para a noite.

O brabantino de cabelos negros também levantou-se, murmurou uma saudação ao hospedeiro e, então, tropeçou ao subir as escadas para o seu quarto.

Ele abriu a porta, entrou no quarto e, cuidadosamente, trancou a porta atrás de si. Então, acendeu uma vela, fechou a cortina, e foi até um armário de onde pegou um pouco de papel, tinta e uma pena de ganso.

Se alguém pudesse tê-lo visto escrever energicamente dificilmente o teria reconhecido como o homem que, momentos antes, parecia estar cochilando na sala. Um sorriso malicioso e um olhar triunfante cobriu seu rosto.

A pena voou sobre o papel. Ele escreveu com precisão tudo o que tinha ouvido naquela noite. Quando terminou, dobrou a carta e a selou, mas não escreveu um endereço.

Momentos depois, enquanto ainda estava lavando o último dos seus copos, o estalajadeiro viu o homem esquivar-se em direção à porta.

"Você ainda vai sair a esta hora?", perguntou surpreso.

O brabantino colocou a mão ao ouvido como se não tivesse escutado e o estalajadeiro repetiu a pergunta um pouco mais alto.

"Eu estou indo dar uma caminhada", respondeu ele. "É quase lua cheia. Eu sempre tenho problemas para dormir e fico acordado por horas pensando em minha esposa. Talvez um passeio me ajude a esquecer de tudo por um tempo".

"Pobre homem", murmurou o estalajadeiro quando brabantino fechou a porta atrás de si.

Sem dúvida, o estalajadeiro ficaria surpreso se tivesse continuado a observar. Uma vez fora, o brabantino correu sem hesitação pelas ruas escuras. Cerca de dez minutos depois, chegou a uma velha casa de madeira. Caminhando até a porta da frente, pegou a aldrava e a bateu várias vezes como um sinal. Como a porta não abriu imediatamente, repetiu a batida.

Agora, ele conseguia escutar sons de dentro da casa. Momentos depois, alguém abriu um pouco a cortina na frente da janela da porta e olhou para fora. "Quem é a uma hora dessas?", disse uma voz rouca.

"Sou eu, Mommaerts! Não se preocupe, Otto Jans. Pode abrir", sussurrou o estranho. Imediatamente, a porta foi aberta, e Mommaerts rapidamente entrou. Otto levou-o à sala de estar, onde imagens de santos estavam expostas por todas as paredes.

Mommaerts puxou do bolso a carta que havia escrito na pousada. Ele entregou a Otto e disse: "É de grande importância que esta carta chegue ao Duque o mais rápido possível. Eu quero que você saia a cavalo no início da manhã e que a entregue pessoalmente ao Duque. Você será muito bem recompensado".

Otto deu de ombros. "Nós esperamos que sim. O Duque não é conhecido por sua generosidade. Mas, bem, tenho certeza de que receberei pelo menos um par de peças de ouro por meu bom serviço".

"Os santos irão recompensá-lo na vida futura", respondeu Mommaerts suavemente.

Otto Jans zombou: "Isso é fácil e barato para o Rei e o Duque dizerem. Mas não se preocupe, François de Baston, vou entregar a carta de imediato".

"Nunca mencione esse nome aqui novamente, mesmo se estivermos a sós", Mommaerts disparou. "Aqui, eu sou conhecido como o holandês fugitivo Mommaerts, que vai para a igreja com os Mendigos duas vezes todos os domingos. Você deve imaginar como tripudiei quando esses capitães idiotas sentaram ao redor da mesa à noite para discutir os planos grandiosos do aventureiro Lodewyk de Nassau[12]. Eles presumem que eu sou um deles e, além disso, acreditam que sou surdo. Simplórios e crédulos, isso é o que eles são!".

"Sim, exceto o Príncipe de Orange. Ouvi dizer que ele é incrivelmente brilhante".

"É verdade, ele vale mais do que todo o resto", Mommaerts teve que admitir. "Mas, mais cedo ou mais tarde, ele vai ser preso e executado, e, se isso não acontecer, há outras maneiras de lidar com ele. Sirva-me um copo de vinho e vamos beber à queda de todo esse grupo rebelde de hereges!".

Otto Jans encheu dois copos de vinho e, pela próxima meia-hora, os dois homens conversaram e beberam. Então, Mommaerts esgueirou-se pela noite escura e voltou à *De Gulden Fonteyn*.

---

12 Conde Lodewyk era um dos irmãos de Guilherme de Orange. Os dois tinham o sobrenome Nassau, mas Guilherme herdou o principado de Orange aos onze anos e, então, recebeu a nomeação.

Enquanto isso, o estalajadeiro queria ir para a cama e esperava impacientemente pelo retorno de Mommaerts. Ele considerou trancar a porta e ir dormir para ensinar ao estranho brabantino uma lição, mas decidiu não fazê-lo. Quando ele finalmente viu Mommaerts de volta, lembrou-se de como o homem não tinha parentes vivos e, novamente, sentiu pena dele.

"Espero que a caminhada tenha lhe feito algum bem", ele disse em voz alta para que o surdo pudesse ouvi-lo.

"Certamente o fez!", foi a resposta.

3

UM ATO DE OUSADIA

"Posso ir para a cidade um pouco, Mãe?", Martin perguntou depois do jantar. "É cedo e ainda há luz lá fora", ele suplicou.

Sua mãe hesitou; ela estava tão satisfeita por Martin ter voltado mais cedo de seu trabalho. Seus dias eram longos e solitários, mas ela percebeu que o jovem Martin ansiava por um pouco de entretenimento. Era algo raro em suas vidas. O Pai chegaria tarde porque estava tentando recuperar o tempo perdido por conta do longo inverno, e Boudewyn tinha sido chamado por um mensageiro do Conde Lodewyk. Ela desejava ansiosamente ter Martin em casa à noite. Mamãe suspirou e disse: "Tudo bem, mas certifique-se de não ficar fora por muito tempo".

Com um grito de alegria, Martin correu para a porta e foi para a cidade. Minutos depois, ele estava andando por uma das ruas principais. Ele tinha um plano em mente que não queria revelar à Mãe. Conde Lodewyk convocou Boudewyn. Deveria haver outra mensagem que ele precisava entregar em algum lugar. Martin sabia aonde o Conde estava hospedado e foi direto para a belíssima mansão de Unico Manninga, o Meirinho de Emden. Manninga era reformado e um bom amigo do Conde. Dizia-se que o Conde doou seis mil florins para a causa da libertação da Holanda. Martin conteve o passo agora que estava em seu destino; ele não sabia o que faria a seguir. Presumiu que Boudewyn estaria ali em breve e, então, ele, Martin, ficaria no portão para que o Conde pudesse vê-lo. Com sorte, Boudewyn apresentaria Martin, e então ele poderia perguntar ao Conde se poderia ir junto com a frota para libertar sua pátria.

Seu plano bem-intencionado parecia um pouco bobo agora. Provavelmente, Boudewyn não viria tão tarde, e, de qualquer jeito, o Conde não iria deixá-lo lá fora; era sempre um dos servos que fazia isso. A rua imponente parecia tranquila no crepúsculo da noite. De vez em quando, um pedestre solitário passava. Grades de ferro forjado cercavam a propriedade, e os arbustos perto da casa obscureciam várias janelas. Martin conseguia ver algumas delas, apesar de nenhuma luz as iluminar. Ele andou um pouco mais até que pudesse ver a lateral da casa. Ali, ele notou uma janela, parcialmente coberta por venezianas exteriores, de onde uma luz brilhava. De repente, Martin notou alguém passando pelo feixe de luz. Provavelmente um dos servos arrumando as venezianas, Martin pensou. Mas, então, ele viu a maneira como o homem se agachou perto da janela, como se pretendesse espionar. "Algo não está certo", disse Martin para si mesmo. Muitos pensamentos passaram por sua mente. Era um espião tentando ouvir informações? Ou seria alguém contratado para matar o Conde?

Silenciosamente, Martin foi na ponta dos pés até a entrada do portão e levantou o trinco. O portão rangia com as dobradiças enferrujadas. Isso assustou Martin. Lentamente, ele empurrou o portão até que houvesse espaço o suficiente para passar. Furtivamente entre os arbustos, Martin pôde espiar a casa por entre a folhagem. Quando chegou à lateral da casa, agachou-se sobre as mãos e os joelhos para não ser visto. Um galho estalou sob um dos joelhos. Para Martin, parecia um grande estrondo, mas o intruso nem percebeu. Depois de ficar parado por todo um longo minuto, Martin finalmente arriscou seguir em frente.

A janela estava aproximadamente a vinte metros dele. Com certeza, lá estava o homem, pressionando seu ouvido contra o vidro, escutando atentamente o que estava sendo discutido lá dentro. Sem dúvida, aquele homem era um espião. O que ele, Martin, deveria fazer? Se tocasse o sino da porta da frente, causaria uma comoção que levaria o homem a fugir antes que alguém pudesse sequer vê-lo. A única solução para Martin seria agarrá-lo, pendurar-se nele e gritar por socorro. Chegando a esta conclusão, Martin não esperou mais. Levantou-se e correu a toda velocidade na direção do espião, que não conseguiu ouvir Martin até que estivesse alguns passos atrás dele. O homem queria desviar e correr, mas um par de braços fortes e jovens agarrou sua cintura e o segurava obstinadamente, enquanto uma voz gritava: "Socorro, socorro, um espião!".

O espião descoberto lutava para se soltar, e Martin precisou de toda a sua força para segurá-lo. Mais uma vez, ele gritou por socorro, percebendo que não conseguiria segurar por muito tempo. Desta vez, Martin ouviu alguns homens levantarem-se de seus assentos atrás da janela.

"Deixe-me ir", o espião sussurrou com raiva, enquanto sacudia violentamente as mãos de Martin até libertar-se. Porém, antes que o homem pudesse fugir, Martin pulou e agarrou a sua perna. Lutando no chão, os dois rolaram um sobre o outro até que o homem se levantou e bateu na lateral da cabeça de Martin. Isso deixou o rapaz tonto e ele viu estrelas diante de seus olhos. Outro soco e a escuridão o envolveu. O espião levantou-se e, como um rato encurralado, examinou as imediações para uma fuga. Ele ouviu a porta da frente abrir e passos descendo a escada. Rapidamente entrou nos arbustos, correu para o canto mais escuro do cercado e sumiu com notável agilidade.

Unico Manninga, Conde Lodewyk, alguns nobres e dois dos servos do Meirinho vieram correndo pela esquina da casa. Exceto por um corpo caído no chão, não havia nada de incomum para ser visto.

Quando o Meirinho inclinou-se sobre o corpo, exclamou surpreso: "É só um menino! Ele está inconsciente ou morto".

Um dos servos abriu as venezianas da janela. A luz saindo do aposento levou Boudewyn a gritar em estado de choque: "É Martin Meulenberg, meu jovem amigo! Por favor, Deus, não permita que ele esteja morto!". Rapidamente, ele caiu de joelhos ao lado do menino para verificar seu pulso. "Ele está vivo", foi o seu diagnóstico rápido.

"Você acha que era ele o ouvinte na janela?", Perguntou Lancelot van Brederode um meio-irmão do recém-assassinado Henrique van Brederode.

"Definitivamente, não!", Boudewyn respondeu com convicção. "Este menino é totalmente confiável e discreto demais para cometer um ato tão vil. Ele deve ter dado o alarme, mas o culpado fugiu."

Rapidamente o terreno foi revistado, mas nenhuma pista foi encontrada. O Meirinho Manninga, então, instruiu um dos servos a fechar a veneziana e permanecer do lado de fora para vigiar a janela. Os outros homens voltaram para dentro.

Boudewyn carregou Martin, que era um fardo leve para o forte homem. Lá dentro, ele colocou o menino em um sofá e lavou sua cabeça com água fria. Conde Lodewyk e os outros homens voltaram para as cadeiras ao redor da mesa.

Poucos segundos depois, Martin deu um suspiro profundo e abriu os olhos. "Onde estou?", ele gaguejou. Reconhecendo o rosto de Boudewyn, sua memória retornou. Logo ele foi capaz de sentar-se mesmo com a cabeça latejando muito. A pedido do Conde, Martin relatou exatamente o que tinha vivenciado do lado de fora. Infelizmente, ele só pôde oferecer uma vaga descrição do homem, porque estava empenhado demais tentando impedi-lo de fugir. Além disso, era bastante difícil distinguir no escuro quaisquer características precisas.

Quando o Conde o elogiou por seu esforço corajoso e boas intenções, Martin ficou exultante, apesar da cabeça dolorida. No entanto, Boudewyn não estava totalmente satisfeito. "Por que você estava neste bairro tão tarde da noite?", ele perguntou.

Martin ficou extremamente corado e, então, gaguejou "Eu... Eu pedi a permissão da Mamãe... Eu esperava... Eu queria...".

De repente, ele percebeu que ali estava sua oportunidade de ouro. Todo o seu medo e relutância o deixaram enquanto ele francamente explicava seu motivo para aventurar-se naquela noite, o quanto ele queria ajudar no combate para libertar seu país do jugo do opressor. Com sinceridade, ele suplicou que o Conde lhe desse permissão para ir junto.

Conde Lodewyk escutou a história do rapaz e sorriu com simpatia. "Eu não tenho o direito de fazer isso. Seus pais têm a sua guarda e você deve obedecê-los. No entanto, esta noite você exibiu um espírito corajoso e ousado".

"Com sua permissão, Senhor Conde, ele já provou isso antes", Boudewyn interrompeu. "Martin foi meu companheiro em nossa perigosa fuga da Holanda durante a qual enfrentamos muitas dificuldades".

"Então, na verdade, nada mais justo do que o rapaz lhe acompanhar em seu retorno à Holanda", respondeu o Conde. "Certamente, eu poderia usar um jovem tão valente em minhas tropas". Ele caminhou até a mesa, pegou uma pena de ganso e mergulhou sua ponta em um pouco de tinta. Em seguida, escreveu algo numa grande folha de papel. Quando terminou, cuidadosamente polvilhou sobre as letras um pouco da areia de um chifre primorosamente trabalhado, para que a tinta secasse. Ele enrolou a folha de papel e selou com cera quente, a qual apertou com seu anel de selar. Entregando-a a Martin, disse: "Dê isto a seu pai, mas, lembre-se: seja obediente a seus pais independentemente da decisão deles; é isso que Deus requer de você".

Tenso pela empolgação, Martin aceitou o papel e, hesitante, agradeceu ao Conde. Em seguida, planejou sair, mas o Conde ordenou-lhe que se assentasse novamente. "Você não está em condições de sair e é possível que o espião esteja à sua procura. Seria irresponsável você ficar sozinho na rua. Pode ir com Boudewyn depois da reunião, mas, lembre-se, nenhuma palavra do que você ouvir esta noite pode sair de seus lábios para os ouvidos de alguém. Tudo o que for dito aqui é confidencial".

Logo, o Conde e seus conselheiros estavam envolvidos em discussões. Seu principal objetivo era preparar um cuidadoso plano estratégico para que o pequeno exército lutasse contra os inúmeros exércitos de Alba.

A dor de cabeça de Martin lentamente diminuía, e ele ouvia atentamente o que era dito. Ele não conseguia compreender cada palavra que era dita, mas entendia a gravidade de tudo aquilo. Boudewyn forneceu um relato de sua última viagem a várias cidades alemãs, como Frankfurt, Wesel e Kleve. Lá, ele esteve com congregações reformadas de refugiados, repassou mensagens do Príncipe de Orange e arrecadou dinheiro para a causa. O resultado das coletas foi decepcionante, já que a maioria dos refugiados era muito pobre. Além disso, a maioria dos homens que prometeram se juntar às tropas do Conde era de mercenários[13]. Não havia muitos homens capacitados entre os refugiados.

Foi necessário muito dinheiro para contratar soldados porque Alba estava reunindo tropas das mesmas regiões e oferecia salários mais altos do que o Conde poderia pagar. Lodewyk teria de se contentar com soldados mal treinados e menos confiáveis. No entanto, suas esperanças estavam sobre o povo dos Países Baixos. Uma vez que suas tropas chegassem lá e penetrassem as linhas inimigas, ele esperava que muitos voluntários se juntassem à sua causa.

O Conde também estava com poucas armas; era, na verdade, uma loucura tentar um ataque como eles estavam planejando. Mesmo assim, Conde Lodewyk estava cheio de coragem e determinação. Ele confiava em Deus e estava pronto para dar sua vida pela liberdade da Holanda.

*　　*　　*

Era muito tarde enquanto Martin caminhava ao lado de Boudewyn pelas ruas escuras da cidade. Eles não tiveram ne-

---

13 Soldados assalariados.

nhum problema nos portões da cidade. Boudewyn mostrou o papel que tinha recebido do Meirinho, e logo chegaram ao humilde lar dos Meulenbergs. Quando viu sua casa, o coração de Martin começou a tremer. Seus pais certamente estariam preocupados com o seu paradeiro.

Ele não estava enganado. Quando ele e o ferreiro entraram na casa, seu pai e sua mãe pularam com um grito de alívio. Rapidamente, Boudewyn informou-lhes sobre todas as atividades da noite, sem esquecer-se de enfatizar as ações corajosas de Martin.

"Ele realizou um importante serviço ao Conde quando afugentou o espião. Na verdade, o Conde ficou tão satisfeito com Martin que ele quer levá-lo junto. Mostre ao seu pai a carta, Martin".

Totalmente surpreendido, o Sr. Meulenberg pegou a carta, rompeu o selo e leu o conteúdo. Ele abaixou-a em seu colo e, em seguida, tomou-a e leu mais uma vez. Olhou para sua esposa e disse: "É verdade. O Conde de Nassau solicita a nossa permissão para que Martin o sirva. Ele acredita que o menino possa ser de grande benefício para ele".

O rosto da Sra. Meulenberg empalideceu quando ouviu estas palavras. Será que ela teria que desistir de seu filho, seu único filho, assim como de seu marido? Contudo, ela hesitou por apenas um momento. Parecendo muito calma, a mãe fiel falou suavemente: "Se meu filho pode ser útil para esta boa causa, não podemos ficar em seu caminho".

"Viva!", Martin gritou, pulando com entusiasmo.

Era mais de meia-noite quando finalmente foram para a cama. Martin tinha certeza de que não conseguiria dormir com toda essa empolgação. Porém, um cansaço saudável logo provocou um profundo sono que o derrotou e no qual todos os eventos do dia se dissiparam. Profundamente preocupada com o filho, Mamãe não conseguia dormir. Do fundo do seu coração surgiu uma oração a Deus pela proteção de seus entes queridos na próxima batalha.

4

A INSTAURAÇÃO DA BATALHA

No início da noite, Conde Lodewyk cruzou a fronteira e entrou na pequena aldeia de Bellingwolde[14], na Holanda. Os doze cavaleiros e setenta soldados que o acompanhavam causaram grande comoção. Seu pequeno grupo tomou o controle da igreja, e seus soldados agora estavam ocupados cavando trincheiras atrás dos muros do cemitério.

Um grande número de aldeões tinha recebido os soldados com alegria e ações de graças. As famílias reformadas estavam esperançosas, talvez em breve pudessem ter liberdade para reunirem-se em culto. Mesmo muitos dos romanistas tinham aguentado o bastante da dura opressão espanhola. Mas, havia também alguns romanistas radicais que pensavam diferente. Zombeteiramente retrucavam: "Este Conde herege realmente acredita que é capaz de derrotar o poderoso exército espanhol com menos de cem soldados pobres! Que piada!".

Um rico fazendeiro, que era uma das pessoas mais prósperas da aldeia e estava entre os espectadores, debochou em voz alta: "Eles começam no cemitério e é aí que vão acabar

---

14 É comum que as palavras *wold*, *wolde*, *woud*, *woude* e *holt* sejam parte dos nomes de regiões e cidades, especialmente no norte da Holanda. Todas elas referem-se a áreas espessas. Pense na palavra inglesa "wood" [madeira]. O equivalente em português seria bosque, árvores, floresta; por exemplo, os bosques de Bellingen.

também! O Conde herege pode até esperar ser enterrado em solo sagrado, mas certamente esse privilégio lhe será negado!".

Alguns homens murmuravam em concordância. Outros pareciam envergonhados, mas não se atreviam a falar contra o rico fazendeiro. Apenas um o desafiou. Um jovem com brilhantes olhos azuis e pele rosada. "É preciso muita coragem para fazer o que o Conde está querendo", disse com convicção, "e eu o respeito por isso! Os espanhóis têm-nos oprimido por tempo suficiente, e Alba é o pior deles. Eu oferecerei meus serviços!".

"É o rebelde Klaas Sebens, claro", reclamou o fazendeiro. "Quando há missa, parece que ele não consegue encontrar a porta da igreja, mas agora corre para ela!".

Klaas Sebens não foi o único voluntário. Conde Lodewyk designou Bellingwolde como o local de registro. Qualquer pessoa que quisesse se voluntariar poderia vir para alistar-se. Durante o primeiro dia, houve um fluxo constante de mercenários alemães que queriam unir-se ao exército. Além disso, muitos refugiados holandeses queriam oferecer seus serviços para fortalecer o pequeno exército.

Martin se apoiava contra o muro do cemitério. Ele esteve ocupado com uma série de diferentes tarefas, mas agora não tinha nada para fazer. Sentia-se cansado. Tanta coisa havia acontecido nos últimos dois dias. Juntamente com seu pai, Boudewyn e um pequeno grupo de soldados do Conde Lodewyk, ele havia deixado Emden a pé. No primeiro dia, viajaram para Leer e passaram a noite lá. Na manhã seguinte, partiram com seus estandartes. Depois de atravessar o rio Ems em Rhede, foram direto para a fronteira com a Holanda.

O coração de Martin batia com orgulho e alegria porque ele era um dos combatentes da liberdade que iriam alforriar a

Holanda de seus opressores. Porém, agora as pernas doíam da longa e cansativa marcha. Então, um grupo de homens altos aproximou-se. Eles examinaram o local perscrutadoramente. Um homem, que parecia ser o líder, aproximou-se de Martin e perguntou-lhe onde Conde Lodewyk poderia ser encontrado. Pelo seu sotaque, Martin imaginou que ele viesse da Frísia.

Ele levou os homens para a igreja, onde alguns oficiais sentados em uma mesa estavam adicionando os nomes dos recém-chegados ao quadro-geral e distribuindo-os em várias divisões. Porém, quando o líder insistiu que precisava falar com o Conde pessoalmente, Martin levou-o a um pequeno prédio ao lado da igreja.

O alto frísio disse a Conde Lodewyk que ele e seus companheiros vieram de Kollum. Os recrutados por Wilde Hylke estavam agrupados em Lauwerszee desde meados de abril. A invasão da frota dos Mendigos deveria ter acontecido por volta do dia 18 de abril. Contudo, desde que o Conde tinha sido forçado a mudar de planos, nada acontecera. O vice-governador Zegher van Groesbeek, que pertencia ao campo inimigo, enviou então alguns soldados para Kollum. Esses homens capturaram Wilde Hylke junto com vários outros, os levaram para Leeuwarden e os enforcaram lá. O resto dos homens conseguiu fugir, partiu direto para Bellingwolde e havia chegado há pouco.

A tristeza nublou o rosto do Conde Lodewyk. Às vezes, Wilde Hylke era impulsivo e descuidado. Mas ele tinha participado do movimento de libertação com um ávido entusiasmo, e era muito doloroso para o Conde saber de sua morte.

Depois de alguns instantes, o Conde se recompôs. Ele perguntou ao mensageiro quantos homens tinham vindo com ele e como estava o estado de espírito do povo frísio. Pelas respostas, ficou bastante claro que muitas famílias reformadas viviam na

Frísia. Se o exército conseguisse apenas entrar ali, certamente conseguiriam mais ajuda e apoio.

Quando o frísio saiu, Lodewyk de Nassau continuou a consultar e discutir com seus assessores. A conquista do castelo em Wedde era muito necessária para que ele pudesse avançar. O castelo pertencia ao Conde de Aremberg, governador das regiões do norte. Thijs van Oort era o senhor do castelo.

Conde Lodewyk tinha um bom mapa do castelo e de seus arredores estendido sobre a mesa à sua frente. O velho castelo era excepcionalmente bem fortificado. O Imperador Carlos V construíra em torno dele uma muralha de pedras de um metro e meio de espessura com fortificados e protuberantes baluartes nas suas esquinas. Atrás da muralha, havia um enorme muro de barro como fortificação adicional. Mesmo com a ajuda de canhões que não seria fácil conquistar este castelo, ainda mais porque o pequeno exército de Lodewyk carecia de armas comuns.

No entanto, eles deveriam tentar. Lodewyk de Nassau estimou que, na manhã seguinte, ele teria cerca de trezentos soldados registrados em seu exército. Com um grupo desses homens ele queria invadir o castelo imediatamente. Wedde era o ponto mais alto da região de Westerwolde. Com a captura desse castelo, eles seriam capazes de ver todo o campo ao redor e poderiam esperar ali por mais reforços de artilharia e homens.

Era bem tarde da noite quando o Conde finalmente foi para a cama. Antes de ir para debaixo das cobertas, ele se ajoelhou e abriu seu coração diante de Deus, reconhecendo que era totalmente dependente dEle.

* * *

Numa magnífica casa em Groningen, dois influentes homens sentaram-se de frente em uma mesa. Eles eram De Mepsche, o vice-governador do Conde de Aremberg na cidade de Groningen e Ommelanden, e Zegher van Groesbeek, o vice-governador da Frísia.

Van Groesbeek tinha viajado para Groningen para discutir um plano de ação com De Mepsche. Os dois estavam inquietos com o avanço do Conde Lodewyk. Van Groesbeek tinha acabado de chegar e ainda não estava atualizado com os últimos acontecimentos.

"Estou otimista quanto à capacidade de Thijs van Oort e seus homens de reter esses rebeldes em Westerwolde. O terreno é favorável para os defensores", comentou. "De qualquer maneira, o Conde vai ter um momento difícil conquistando a fortaleza em Wedde. É reconfortante saber disso".

De Mepsche balançou a cabeça seriamente. "Você está enganado, meu amigo! O Conde de Nassau é mais perigoso do que você pensa. Com um pequeno bando de Mendigos, ele teve a coragem de invadir o castelo sem o uso de canhões. O ataque mal tinha começado quando Thijs van Oort e seus homens fugiram, deixando o castelo para o Conde".

"Que ato covarde!", gritou Van Groesbeek, batendo com o punho na mesa, fazendo com que o vinho derramasse do copo.

"Certamente", De Mepsche disse, "e agora o perigo tornou-se muito maior. Eles fizeram do castelo em Wedde sua sede, e o exército rebelde está crescendo a cada dia. Mercenários e hereges exilados estão fluindo da fronteira alemã. Aparentemente, centenas de habitantes de Groningen e da Frísia também se juntaram às fileiras de Lodewyk de Nassau".

"Mas você tem uma forte guarnição aqui em Groningen. Você não consegue enviá-los para atacar o inimigo?", perguntou Van Groesbeek.

"Eu tentei, mas os soldados se recusam a ir. Eles foram contratados para proteger a cidade e se recusam a lutar do lado de fora de seus muros. Além disso, eles estão de mau humor porque não receberam seus salários. Eu não consigo fazê-los cooperar com nada".

"Eu tenho o comando sobre quatro companhias de soldados em Sneek e Leeuwarden", suspirou Van Groesbeek, "mas eu preciso desesperadamente deles lá para manter as pessoas na linha. Muitos estão inquietos e são simpáticos aos mendigos".

"Em Groningen, não está muito melhor. Nesse meio tempo o exército do Conde moveu-se para Winschoten. Eu até temo que Appingedam esteja em perigo".

"Você está bem informado. Você tem um espião entre os Mendigos?".

De Mepsche sorriu penosamente. "Infelizmente, não. Em Emden eu tinha. Alba e eu tínhamos um espião lá. Meu homem era Imele Lottrich que se associou aos Mendigos como se fosse um deles e cuidadosamente mantinha-me informado. Eu não tenho notícias dele há algum tempo. Qualquer notícia que eu tenha vem de pessoas da região que são leais a nós".

Os dois homens continuaram conversando por um longo tempo. Eles resolveram enviar uma nota para o Conde de Aremberg, que estava hospedado em Bruxelas, e ao Duque de Alba, para pedir ajuda. Nesse meio tempo, um exército de voluntários poderia ser organizado na cidade de Groningen, sob o comando do Capitão Panzer.

No dia seguinte, os dois homens foram juntos para Appingedam a fim de encorajar o povo a defender-se do exército dos Mendigos. Porém, eles voltaram muito decepcionados. Appingedam guerreou muitas vezes contra a cidade de Groningen, até que finalmente foi forçada a demolir suas muralhas. Então, a Câmara Municipal alegou que uma defesa era impossível. Assim, os dois homens tiveram que voltar sem conseguirem nada. Como resultado, eles tiveram Appingedam ocupada com o corpo de voluntários recentemente organizado.

Alguns dias depois, quando a vanguarda do exército dos Mendigos chegou a Appingedam, vários voluntários do exército de Panzer juntaram-se às fileiras dos Mendigos. Os outros fugiram.

Conde Lodewyk marchou triunfantemente em Appingedam e também reivindicou a cidade de Groningen. Em 4 de maio de 1568, ele emitiu uma intimação à magistratura de Groningen, ordenando-lhes que enviassem uma delegação para discutir com ele em Appingedam. Ele também pediu a ajuda da população na luta contra a tirania de Alba.

Enquanto isso, uma pequena frota de navios Mendigos, sob a liderança de Jan Abels, navegava nas águas do rio Ems perto de Delfzijl. Eles paravam todos os navios que foram carregados com provisões destinadas à cidade de Groningen. As mercadorias eram apreendidas e, em seguida, enviadas para o exército de Conde Lodewyk.

Em pouco tempo, a cidade de Groningen sentiu os efeitos dessa ação. Muitos cidadãos desejavam mais do que qualquer coisa ver os portões da cidade abertos para o exército dos Mendigos. Muitos dos magistrados da cidade começaram a se perguntar se não era hora de unir forças com o Conde de Nassau.

O exército do Conde agora era grande o suficiente para ser segmentado em três divisões. A primeira divisão foi posta em Wedde e Winschoten, a segunda em Appingedam, e a terceira em Slochteren.

O próprio Lodewyk estava em Appingedam, onde era convidado do prefeito, Sebastian Wabben. O prefeito apoiou o movimento dos Mendigos de coração e alma. Boudewyn, o ferreiro, também estava com o Conde.

Martin e seu pai estavam em Winschoten. O Sr. Meulenberg, que escrevia muito bem, estava na alfândega em Vissersdyck[15]. Era seu trabalho registrar todos os novos soldados que queriam se juntar ao exército.

Havia pouco para Martin para fazer. Na verdade, ele estava muito desapontado. Ele esperava ficar perto de Conde Lodewyk. Mas, o Conde estava tão ocupado com o trabalho e as preocupações que parecia ter esquecido tudo sobre seu jovem amigo. Quanto a aventuras de guerra – parecia que não havia nada à vista.

Seu pai tentou animá-lo. Satisfeito por ter Martin a seu lado, ele assegurou ao filho que o combate começaria em breve, e que ele veria mais do que o suficiente!

Martin sabia que seu pai estava certo, mas não estava completamente satisfeito. Ele queria desesperadamente fazer algo para a causa, e não parecia haver qualquer oportunidade no momento. Ele manteve a esperança de que a situação mudaria em breve.

---

15 Um *visser* é um pescador e um *dyck* é um dique.

5

MARTIN CAÇA

Era uma bela manhã de primavera. O inverno frio e rigoroso finalmente passara. Das árvores começavam a brotar folhas, e os prados estavam pontilhados com flores primaveris.

Os campos acenavam e Martin sentiu vontade de dar um passeio para explorar a área. Seu pai não podia ir com ele, mas já que não havia perigo, permitiu que Martin se aventurasse por conta própria.

Animado, Martin saiu. Ele caminhou ao longo de Vissersdyck e, então, virou para o sudoeste. Logo Winschoten estava bem atrás dele. O rapaz caminhou por uma estrada de areia chamada Garstpad . As poucas casas de madeira ao longo da estrada indicavam que as pessoas que viviam lá eram muito pobres. Mais adiante, à direita, havia uma grande floresta escura.

Martin sabia que se continuasse em frente chegaria ao povoado de St. Vitusholt e, mais além, a um grande prado de urze[16]. A floresta, porém, o intrigou. Ele vinha de um pôlder[17], onde não havia mata. Seria interessante dar uma caminhada tranquila por uma floresta. Ele hesitou só por um momento, depois virou bruscamente para a direita e foi direto para as árvores. A floresta, com sua vegetação

---

16 Planta da família Ericaceae. (N.doT.)
17 Terrenos artificiais entre diques utilizados para agricultura e habitação. (N.doT.)

rasteira espessa, parecia impenetrável, mas rapidamente Martin encontrou uma pequena estrada que se emaranhava por entre as árvores e arbustos. Martin seguia seu caminho.

A floresta parecia escura apesar da luz do sol. Nem todas as folhas haviam brotado e muitas ainda eram pequenas, mas havia cobertura suficiente para evitar que a luz penetrasse livremente. Martin seguiu o caminho torcido e intricado por um tempo e, sem perceber, adentrou mais e mais profundamente na floresta. O fascínio da floresta tomou conta dele e nenhum pensamento de perigo passou por sua cabeça.

Então, Martin chegou em uma área onde o caminho o conduzia por uma vegetação densa e rasteira, ele precisou lutar contra amoreiras, sabugueiros e outros pequenos arbustos que estavam emaranhados. Quando finalmente saiu do matagal, chegou a uma área menos densa. Muitos carvalhos, álamos e aceres altos cresciam ali. Pássaros cantavam e piavam alegremente na folhagem.

O chão da floresta estava macio e úmido. De repente, Martin notou as pegadas de um animal de grande porte. Com curiosidade, estudou-as e, em seguida, decidiu seguir as pistas, mesmo não tendo certeza de que tipo de pegadas seriam. Parecia ser de um grupo de animais, pois havia várias impressões de tamanhos diferentes.

Pouco depois, ele chegou a uma pequena poça de água lamacenta. Havia centenas de pegadas na lama barrenta e, então, Martin percebeu que estava rastreando porcos selvagens. A emoção da caçada agora o arrebatara.

"Se eu puder encontrar os porcos e pegar um deles!", pensou. Jovem e inexperiente, Martin não sabia que javalis eram extremamente inteligentes, perigosos e imprevisíveis. Ele presumiu que seriam semelhantes aos porcos da fazenda de casa. Seria maravilhoso pegar um pequeno e saboroso leitão para o jantar. A única arma que carregava consigo era o punhal que tinha recebido de Boudewyn antes de fugirem da Holanda. Ele não tinha ideia de que estava prestes a atacar um javali, e não atinou para nada disso. Ansiosamente, seguiu as pegadas frescas, adentrando ainda mais na floresta. Ele examinava o terreno ao redor, não querendo perder as trilhas dos animais, e esqueceu-se completamente de olhar para frente.

De repente, o silêncio se desfez quando Martin pisou num galho seco que estalou ruidosamente sob seus pés. Ele se assustou e, uma fração de segundo depois, seu susto se intensificou. Dezoito metros à sua frente, resmungou uma porca irritada. A grande e furiosa besta estava cercada dos cinco filhotes. Ela tinha presas longas e olhava raivosamente para Martin com seus pequenos olhos redondos.

Os leitões pareciam bonitos, com suas peculiares listras escuras e claras. Mas o animal mais velho era um monstro cinza sinistro e feio . De repente, Martin percebeu que estava em grande perigo. Este era um animal completamente diferente dos porcos domésticos que seu pai criava! Ele pegou a faca para que pudesse pelo menos ter algo com que se defender. No mesmo instante, o porco selvagem avançou em sua direção.

Era inacreditável o quão rápido aquele animal enfurecido conseguia correr! Ele avançou em direção a Martin como uma bala de canhão. As longas presas amarelas brilhavam e os pequenos olhos do monstro de pelo eriçado estavam vermelhos de raiva.

Rapidamente, Martin virou-se e correu. A porca o seguia por entre os arbustos. Não demorou para que Martin percebesse que o porco estava ganhando dele. Rapidamente, ele fez uma curva acentuada para a direita, onde a mata era mais aberta. Ele tentava despistar seu agressor. Repetidamente, oscilava por direções diferentes. O porco ficou para trás apenas momentaneamente. Logo, o animal entendeu o truque, e aquilo não funcionou mais.

Martin estava tendo um momento difícil. Ele estava ofegante e já não conseguia ver claramente. Porém, o grunhido zangado de seu perseguidor lhe seguia de perto. Tentando correr mais rápido, ele tropeçou em um galho e caiu de cabeça. Sua cabeça bateu em uma árvore e a dor percorreu todo o seu corpo. Ele quase perdeu a consciência, mas o medo do ataque o ajudou a manter a cabeça funcionando. O porco selvagem correu em sua direção, mas, na hora certa, Martin saltou para o lado e as presas por pouco não o atingiram. Foi apenas um alívio momentâneo, pois quase imediatamente o animal prosseguiu com outro ataque. Ele tentava rasgar o estômago do rapaz com suas presas. Rapidamente, Martin pegou sua faca e investiu contra o animal, mas a lâmina apenas arranhou a superfície do couro resistente. No mesmo instante, ele sentiu uma dor lancinante em sua coxa, e tudo ficou escuro. Vagamente, ouviu um estrondo e sentiu algo extremamente pesado caindo sobre ele. Então, perdeu completamente a consciência.

6

ONNO, O CAÇADOR

Naquela mesma manhã, o caçador Onno deixou sua humilde casa em Garstpad. Ele chamou seu cão, tomou sua arma e partiu assobiando. Sultão, o brincalhão cão de um ano de idade, com suas orelhas de abano de cor castanho brilhante, estava tão ansioso para ir à caça quanto seu mestre. Ele pulava em volta de Onno, animado e feliz por estar ao ar livre em um dia tão agradável de primavera após o longo e frio inverno.

Ninguém que observasse o pequeno e musculoso Onno caminhando firmemente imaginaria que ele estava perto dos setenta anos de idade. Talvez achassem que ele tivesse cinquenta. Quando as pessoas lhe perguntavam como conseguiu permanecer tão jovem, ele respondia: "É porque não tenho esposa, dinheiro ou preocupações". Essa resposta as satisfaria.

Onno nunca se casara. Quando jovem, cerca de cinquenta anos atrás, ele amou uma moça. Seu nome era Siebrich . Ela era loira, pequena e de fala mansa. Ela amava o feliz e impulsivo Onno com seu encaracolado cabelo castanho. Porém, seus rigorosos pais romanistas não queriam nem saber de um casamento entre os dois. Siebrich era uma moça de classe média, enquanto Onno era apenas o filho de um pobre lavrador. Além disso, Onno seguia seu próprio caminho e raramente ia à igreja. Até mesmo o padre fazia advertências contra o casamento. Quando a jovem continuou amar Onno, apesar dos muitos avisos, seus pais a enviaram para o convento Monte

Sinai, localizado em Heiligerlee. Lá, morreu um ano depois. Dizia-se que morreu de tristeza.

O caçador havia enterrado sua angústia no fundo de seu coração. Sua natureza feliz o ajudou a superar a dor, mas ele nunca amou outra moça. Mais do que nunca, tornou-se um andarilho e se importava muito pouco com o mundo ou com o que as pessoas pensavam. Ele amava caçar e, muitas vezes, ficava ao ar livre, apreciando a natureza. Depois que seus pais morreram, continuou a viver por conta própria na casinha e conseguia ter uma vida adequada com a caça.

Naquela bela manhã de primavera, Onno não estava pensando sobre essas coisas. Quando chegou aos arredores da aldeia de São Vitusholt e viu à sua frente os campos de urze da comunidade, conhecidos como Meent, ele parou para pensar por um momento. Perguntou-se se deveria ir à floresta caçar. Não, ontem ele havia montado armadilhas para coelhos selvagens no prado e era melhor investigá-las primeiro; talvez, ele tivesse apanhado alguma coisa. Caso contrário, aves de rapina poderiam pegar sua presa, antes que ele o fizesse.

Ele virou à esquerda e caminhou rapidamente até chegar à estrada sobranceira que circundava os prados de urze. A turfa nesta área ainda não tinha sido removida. Era início da primavera e, embora aqui e ali sinais de novo crescimento fossem evidentes, as plantas de urze ainda estavam cinzas e mortas.

O terreno era pantanoso nessa área, especialmente nesta época do ano, e um estranho poderia facilmente afundar. Para o caçador, contudo, não havia muito perigo. Ele estava em terreno familiar e olhou atentamente para a vegetação. Onde quer que a grama-algodão ou o tapete de ouro, com seus cachos de flores amarelas, crescesse, o solo estaria instável e seria preciso muito cuidado. Onno sempre contornava essas áreas, mas Sultão corria por onde quisesse, mesmo que ficasse com as patas enlameadas.

Demorou várias horas para que Onno verificasse todas as suas armadilhas. Quando terminou, quatro coelhos estavam pendurados em seu ombro. Ele ficou satisfeito com os resultados do dia. Vários dos ricos de Winschoten os comprariam de bom grado.

Ele encontrou um lugar confortável debaixo de um vidoeiro para sentar-se e, em seguida, pegou um pedaço de pão de centeio escuro e um pouco de carne seca e os cortou em fatias grossas com a faca. Tanto ele quanto o faminto Sultão comeram avidamente os alimentos.

Depois de ter comido, levantou-se e continuou. Menos de um quilômetro à frente estava a aldeia de Westerlee, mas Onno não estava interessado em ir para lá no momento. Em vez disso, dobrou à direita e dirigiu-se para a floresta. Talvez ele ainda conseguisse caçar alguma coisa.

O velho caçador caminhava pela estrada de carroças, onde várias casas pequenas foram construídas. Ele viu alguns homens que cultivavam aquele solo pobre. Onno ergueu a mão, e os peões devolveram a saudação.

Levou meia hora para chegar à floresta. Mesmo tendo andado muitos quilômetros desde o início da manhã, ele não se sentia cansado. Onno vagara pelos campos e florestas por toda a sua vida, e seus músculos ainda estavam rígidos e fortes.

Estava tão lindo quanto pacífico na espessa floresta, pelo menos para alguém que sentia-se em casa ali. Os olhos atentos do caçador observavam tudo. Ele não esteve naquele lugar por uma semana e percebeu como as folhas jovens haviam crescido durante esse período.

Ele olhou para o chão da floresta procurando por pegadas de animais e quaisquer galhos e ramos que recentemente tivessem sido quebrados. Nada escapou de sua observação aguçada. Porém, os animais mantinham-se bem escondidos hoje. Os únicos sinais de vida eram alguns corvos e esquilos barulhentos. Sultão não detectou qualquer possibilidade também, mas, enquanto eles adentravam na floresta, o comportamento do cão mudou subitamente. De repente, ele ficou imóvel e cheirava o ar. Onno percebeu imediatamente. O cão tinha farejado um animal. Um sorriso apareceu em seu rosto castigado pelo tempo. O cão ainda era jovem, mas comprovava ser um bom caçador.

Rapidamente, mas com cautela, os dois continuaram. Sultão liderou o caminho e Onno o seguiu com sua arma pronta para a ação. Seu ouvido treinado captou fracos sons de grunhindo e guinchos. Ele não tinha dúvida de onde vinha o barulho. "Suínos jovens", ele murmurou. "Isso pode ser bom!".

Momentos depois, Onno avistou os jovens animais parecendo confusos e assustados. O caçador não tinha nenhuma intenção de desperdiçar sua munição com esses pequenos e magros animais. Procurava pela mãe, que ele sabia que deveria estar em algum lugar próximo, porém mantendo-se escondida.

Escute! À distância, ele podia ouvir o som de galhos estalando e o farfalhar de arbustos. Ele protegeu os olhos e examinou a floresta. Onno ficou chocado ao ver um menino correndo desesperadamente, seguido de uma porca raivosa de longas presas. A passos largos, Onno correu em frente.

O rapaz estava obviamente exausto. Ele conseguiu algumas vezes escapar da morte imediata mudando de rumo, mas o porco não desistiu da louca perseguição. Onno sabia muito bem que o menino nunca ganharia essa corrida.

Sultão queria seguir em frente e atacar o monstro, mas Onno ordenou-lhe que voltasse. O jovem cão era inexperiente. Se ele atacasse o animal selvagem certamente logo estaria morto, com a barriga rasgada pelas presas da porca. Isso não ajudaria o menino de forma alguma.

Por duas vezes, o caçador parou e tentou atirar no animal, mas não funcionou. Havia muitas árvores e arbustos no caminho, e, além disso, o porco estava tão perto do garoto que ele corria o risco de disparar no menino ao invés de no animal. De repente, o rapaz fez uma curva acentuada e corria na direção do caçador. Talvez ele tivesse uma chance agora...

O menino caiu, bateu com a cabeça contra uma árvore e permaneceu caído no chão. O porco passou disparado, virou-se e atacou sua presa novamente.

"Agora eu não tenho mais escolha", Onno murmurou. Ele ficou de joelhos, mirou cuidadosamente e puxou o gatilho. Ele viu o grande animal cair em cima do menino. Nenhum dos dois se moveu. O caçador rapidamente levantou-se e correu para o local da tragédia. Quando chegou, viu a porca morta em cima do garoto. O tiro deve ter perfurado o coração do animal selvagem. Com um poderoso empurrão, Onno puxou o pesado animal e olhou para o rapaz. Ele era um estranho, e isso surpreendeu o caçador, pois ele conhecia quase todos na área.

"Talvez ele pertença ao exército dos Mendigos", Onno resmungou, enquanto se ajoelhava ao lado do garoto para examiná-lo. "Hmm, ele parece ter escapado de uma lesão grave, apenas um corte profundo em sua coxa. Provavelmente, ele recobrará a consciência em breve. Foi bom eu não ter chegado um segundo mais tarde", Onno falou em voz alta para si mesmo, um hábito que adquirira ao viver sozinho por tantos anos. Enquanto Onno enfaixava a perna ferida com um pano de linho, o menino começou a gemer e abriu os olhos.

"Onde está... o porco?", ele murmurou, olhando para o homem com surpresa.

"Ela não vai machucar ninguém novamente; está morta", disse Onno calmamente. "Mas quase foi você no lugar dela. Quem é você, e como veio parar nesta floresta?"

"Sou Martin Meulenberg, senhor." Por um momento, o rapaz não disse mais nada, mas olhou atentamente para o homem. Evidentemente, ele foi tranquilizado pelo que viu, porque continuou, "pertenço ao exército dos Mendigos. Meu pai também. Não havia nada para fazer hoje, então saí para uma caminhada na floresta. Quando vi pegadas recentes de animais, as segui...".

Onno começou a rir. "Você achou que poderia apenas pegar um e levá-lo com você. Tudo correu bem diferente".

Martin estava começando a se sentir muito melhor, apesar de sua perna extremamente dolorida. Ele tentou levantar-se, mas logo sua cabeça começou a girar. Segurando-o, Onno impediu Martin de cair. Depois de alguns segundos, a tontura foi embora e, apoiado por Onno, Martin cuidadosamente começou a andar. Normalmente, ele era muito corajoso, mas gemeu com aquela terrível dor.

Depois de dez minutos, ele não conseguia continuar. A ferida começou a sangrar, e tudo ficou escuro. Onno percebeu que, desse jeito, eles não chegariam a lugar algum. Ele levou Martin a uma clareira da floresta e suavemente o deitou sobre o musgo macio. Tirando a capa, Onno a enrolou e colocou sob a cabeça de Martin.

"Basta ficar deitado sem se mexer", disse. "Vou procurar ajuda e volto o mais rápido possível. Sultão vai ficar para vigiar você". Depois de dizer algumas palavras para o cão, que obedientemente sentou-se perto do menino ferido, o caçador correu.

Agora Martin estava sozinho e sentia-se péssimo. Sua perna doía terrivelmente, e um grande sentimento de solidão apoderou-se dele. O velho tinha sido bom para ele, mas se foi. Será que ele teria de ficar sozinho na floresta e sangrar até a morte, sem ninguém para consolá-lo? Ele cruzou as mãos e orou desesperadamente ao Senhor para ajudar e salvá-lo.

Quando abriu os olhos novamente, notou Sultão olhando para ele com compaixão em seus olhos. Era como se o cão compreendesse o que Martin sentia. Ele se aproximou e colocou uma pata no peito do jovem rapaz. Apesar da dor, Martin sorriu. Um sentimento confortador tomou conta dele, e ele gentilmente afagou a pata do cão. Ele não estava sozinho, afinal. Deus o viu no meio da floresta e ainda lhe trouxe conforto por meio desse animal. Martin e Sultão tornaram-se bons amigos. Nenhum deles poderia imaginar que essa amizade duraria por muito tempo.

7

NA CASA DE ONNO

Martin deve ter cochilado ou perdido a consciência novamente pois, quando abriu os olhos, não estava mais sozinho. Onno havia retornado, acompanhado de um homem jovem e forte com mãos calejadas. Eles trouxeram uma maca improvisada, que estava coberta com uma velha manta de cavalo.

Cuidadosamente, eles pegaram o menino ferido e o colocaram na maca. O jovem lavrador levantou as duas alças da frente, enquanto Onno pegou as de trás.

Martin estava mais confortável agora, mas a dor na perna era forte. Sua cabeça também doía terrivelmente. Ele não tinha ideia de por quanto tempo os homens lhe carregaram, mas, de repente, percebeu a floresta desaparecendo. Momentos depois, estavam em um pasto onde algumas vacas comiam tranquilamente. Cruzando o campo, chegaram a uma estrada onde estava preparada uma carroça de fazendeiro com um cavalo atrelado. A maca foi posicionada e Martin foi suavemente deitado sobre o cobertor de cavalo na carroça.

Onno pulou na cabina, agradeceu ao lavrador por sua ajuda, deu um puxão suave nas rédeas, e lá se foram.

Oh, como a carroça solavancava e sacudia sobre o caminho acidentado. A cabeça de Martin bateu, e foi preciso todo o seu esforço para não gritar de dor. Felizmente, o passeio não durou muito tempo. Em menos de dez minutos, a carroça parou na frente da pequena casa do caçador. Onno pegou o rapaz novamente e o levou para dentro.

Era uma humilde casa de um quarto. Em um canto, havia uma cama onde Onno cuidadosamente colocou Martin, cobrindo-o com várias peles de ovelha.

Martin mal sabia se estava acordado ou sonhando. Ele relaxou no conforto da cama macia e do cobertor de pele de carneiro, mas tinha febre alta e estava alternando entre quente e frio.

Onno saiu novamente. A última coisa que Martin notou antes de cochilar foram os olhos castanhos de Sultão olhando para ele, consolando-lhe.

* * *

Em delírio, Martin dormia inquieto, sonhando que estava de volta à fazenda na Holanda e que o xerife e seus homens chegaram para levar seu pai e sua mãe. Então, o sonho avançou para o dique Zuyder Zee onde os soldados os atacaram e esfaquearam mortalmente Hinne Geertsz[18]. Ele se mexia e se virava na cama, falava de forma incoerente e sacudia os braços.

De repente, algo frio tocou sua testa. Os sonhos diminuíram e ele abriu os olhos. Onno, parecendo preocupado, estava debruçado sobre ele e enxugava sua cabeça com um pano molhado e frio. Vendo que Martin estava acordado, o caçador pegou uma caneca, despejou nele um líquido de cor verde que estava em um jarro e ajudou o menino doente a beber. O gosto era amargo e desagradável, mas quando Onno assegurou Martin de que isso ajudaria a diminuir a febre e acelerar sua

---

18   Ver *Quando o Dia Nasceu.*

recuperação, Martin bebeu tudo. Logo, começou a sentir-se um pouco melhor.

Enquanto isso, Onno acendeu o fogo na lareira. Um pequeno pote de ferro cheio d'água estava pendurado em uma corrente acima do fogo. Quando a água ferveu, ele picou um punhado de ervas verdes e as colocou na panela. Ele mexeu a mistura até que a maior parte da água fervesse e sobrasse uma pasta grossa e verde. Removendo o pano da ferida de Martin, Onno limpou o corte com muito cuidado, colocou a pasta refrigerada sobre a ferida e amarrou tudo firmemente com um pano limpo. Martin assistiu todo o procedimento maravilhado.

"Eu colhi estas ervas na floresta quando fui pegar o porco morto", o caçador explicou. "Elas vão ajudar a curar a ferida e evitar uma infecção. Se tudo correr bem, você deve conseguir andar novamente em uns dois dias".

Naquela mesma noite, Onno caminhou até Winschoten para informar o pai de Martin sobre a aventura do menino. Já há algum tempo, o Sr. Meulenberg estava muito apreensivo e se perguntando o que havia detido seu filho. Ele voltou com Onno o mais rápido possível.

Lágrimas brotaram nos olhos de Martin quando ele viu seu pai. Embora ainda estivesse febril, a dor havia diminuído e o caçador estava esperançoso de que Martin se recuperaria rápido.

O Sr. Meulenberg sentou em um banquinho ao lado da cama e segurou a mão de Martin. De fato, Martin estava muito grato pelos bons cuidados de Onno, mas o emocionava ter seu pai tão perto.

O caçador ainda estava ocupado. Ele cortou o porco selvagem em grandes pedaços. Algumas peças pendurou acima do fogo para serem defumadas, outras colocou em uma panela com água salgada, e algumas das peças mais sensíveis cozinhou numa panela grande.

Depois de um tempo, o Sr. Meulenberg e Onno compartilharam uma porção de carne de porco cozida. O caçador, no entanto, não deixou Martin comer um pedaço por temer que a febre retornasse. Em vez disso, Martin recebeu uma tigela de leite fervido com grandes feijões brancos flutuando.

8

SEPARADOS NOVAMENTE

Onno e o Sr. Meulenberg estavam se dando muito bem. O pai de Martin contou a Onno como eles haviam fugido da Holanda por causa da perseguição, como tinham se saído em Emden e que, atualmente, ele estava alistado no exército do Conde Lodewyk.

Onno não temia demonstrar seu desgosto pelos espanhóis e caçadores de hereges. Porém, quando o Sr. Meulenberg perguntou-lhe por que ele não se juntava ao exército dos Mendigos, ele balançou a cabeça negativamente.

"Eu não sou romanista e nem protestante. Quanto ao exército, muitas vezes tenho visto tropas por essa área. Temos sido saqueados por amigos e inimigos, e, independentemente de quem vença, o povo nunca ganha nada com essas coisas. Além disso, é impossível lutar contra o poderoso exército espanhol. Conde Lodewyk vai descobrir isso em breve!".

"É melhor morrer por uma boa causa do que não fazer nada para acabar com a opressão!", respondeu o Sr. Meulenberg apaixonadamente.

Os dois homens continuaram a discussão por um tempo, mas não conseguiam concordar. Onno sabia muito pouco sobre o que acontecera na Holanda e em Flandres[19] durante os

---

19 Embora seja comum identificar os Países Baixos com a Holanda, na realidade, a Holanda é a porção ocidental dos Países Baixos. Flandres hoje faz parte da Bélgica.

últimos anos. Ele conhecia algumas pessoas próximas que tornaram-se reformadas, mas nunca havia se familiarizado com essas questões. Ele vivia como um homem solitário, aproveitando a liberdade da natureza e acreditando que todos devem ter o direito de sua própria liberdade. É por isso que ele não queria nada com a Inquisição Espanhola. Porém, lutar contra uma potência mundial como a Espanha também não fazia sentido para ele.

"Eu teria me sentido do mesmo jeito que você se o Senhor não tivesse me conquistado com a Sua Palavra e me conduzido à fé", disse finalmente Sr. Meulenberg. "Agora, eu arriscarei a minha vida para servi-lo segundo Sua Palavra. Contudo, devo seguir o meu caminho. Muito obrigado por tudo o que você tem feito por Martin. Amanhã venho com uma carroça para buscá-lo. Há um médico em Winschoten que pode cuidar dele".

"Se o bem-estar do seu filho é importante para você, deixe-o aqui por um tempo!", disse o velho caçador fervorosamente. Quando o fazendeiro olhou para ele com espanto, Onno continuou: "Eu conheço esses médicos muito bem. Quando um ferido tem febre, eles retiram o sangue do paciente. Normalmente, a febre cede, mas a vítima perde toda a sua força e resistência e acaba morrendo. Seu filho está muito bem para esse tipo de tratamento. Eu conheço muitas ervas medicinais que crescem nas florestas e prados. Elas são muito mais eficazes. Dê-me uma semana para cuidar de Martin e estou convencido de que ele vai estar bem o suficiente para ir junto com você. Se a ferida não cicatrizar corretamente o pior que poderá acontecer seria perder a perna, mas eu duvido que chegue a esse ponto".

Por alguns instantes, Sr. Meulenberg não tinha certeza sobre o que deveria fazer. Era difícil deixar Martin para trás. No entanto, depois de tudo o que tinha ouvido e visto naquela noite, a sua confiança em Onno estava bem embasada. Certamente, o caçador era excepcionalmente capaz de cuidar de seu Martin. Ele acabou concordando com a sugestão do caçador.

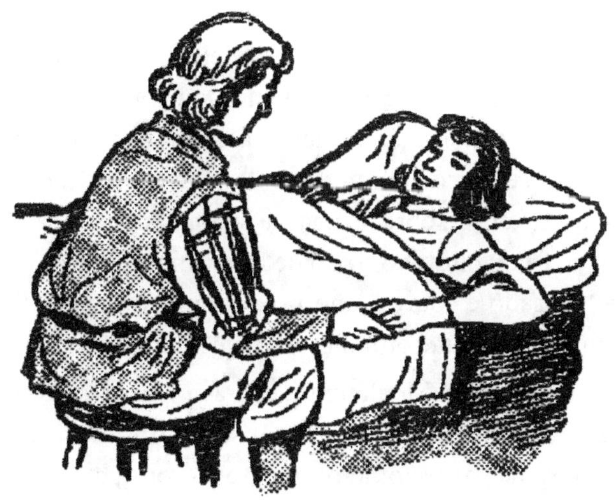

Onno não frustrou as expectativas de Sr. Meulenberg. Martin logo começou a se recuperar. A ferida estava ficando menos dolorosa e a sua febre baixou. Contudo, Onno o manteve na cama por algum tempo.

O pai de Martin vinha visitar seu filho sempre que podia. O caçador também ficava em casa com mais frequência do que o habitual. Normalmente, ele só voltava para casa para comer e dormir, mas, agora, ficava perto do seu paciente por várias horas. Ele manteve-se ocupado montando novas armadilhas, remendando roupas e fazendo outros "bicos" em casa. Enquanto trabalhava, conversava com Martin sobre todo assunto que lhe viesse à mente. Sultão sentava-se entre eles olhando de um para o outro, aproveitando a atmosfera pacífica.

Onno ficou muito ligado a Martin, mais do que estava disposto a admitir. Ele nunca teve um filho, mas, de repente, parecia que agora tinha um. Ele contou a Martin tudo sobre suas aventuras como caçador e sobre as batalhas que aconteceram na região. Às vezes, ele fazia algumas perguntas a Martin e, assim, o rapaz contava ao caçador algo sobre si. Ele confiava naquele homem que cuidou tão bem dele e falava abertamente sobre tudo com Onno. Ele também falou sobre sua fé. Onno ficou impressionado com a maneira como o jovem, com seu jeito simples, explicou do que se tratava a perseguição. Martin contou ao caçador sobre a fuga de sua cidade natal, sobre os cultos que frequentou no sótão de um armazém em Amsterdã no ano passado e sobre como precisaram fugir por isso. Ele também falou de sua confiança e sua fé no Senhor.

Às vezes, o Sr. Meulenberg entrava nessas conversas, e, em seguida, os três continuavam a discussão. Ocasionalmente, o fazendeiro lia vários folhetos que trazia consigo. Onno ouvia com grande interesse.

* * *

Um dia, o caçador saiu e levou Sultão consigo, deixando o rapaz sozinho, sentindo-se abandonado e triste. A perna de Martin parecia doer mais e ele teria chorado bastante se o seu orgulho não o tivesse impedido.

De repente, a porta se abriu e seu pai chegou acompanhado de Boudewyn. Martin gritou, alegremente surpreso. Ele não esperava que seu pai viesse tão cedo e Boudewyn tinha ido embora há muito tempo. O ferreiro estava posicionado em Appingedam já há algum tempo como assistente do Conde Lodewyk.

Os dois homens pegaram uma cadeira e sentaram-se perto da cama de Martin. Boudewyn logo se ocupou de relatar os acontecimentos dos últimos dias. O Conde o enviou como mensageiro para o castelo em Wedde, e, em seu caminho, ele parou por um momento para falar com o Sr. Meulenberg. Quando soube o que tinha acontecido com Martin, imediatamente decidiu visitar seu jovem amigo.

O ferreiro contou-lhes sobre muitas coisas, que o Sr. Meulenberg entendia apenas parcialmente, e Martin nada. Boudewyn estava desapontado com a reunião que o Conde Lodewyk convocou com a magistratura de Groningen. Muitas dos magistrados das cidades e aldeias vieram, mas permaneceram indiferentes. Embora algum dinheiro tivesse sido doado para a causa – sob a condição de momentaneamente renunciarem a um ataque contra a cidade – não havia um apoio firme ao Conde. O dinheiro era bem-vindo e parte dele foi usado pelo Conde Lodewyk para pagar os salários atrasados dos mercenários. Isso foi importante, uma vez que eles estavam ficando insatisfeitos. O Conde de Nassau pretendia comprar algumas munições com o restante do dinheiro. Mas, como a cidade de Groningen ainda se recusava a aderir à causa do Conde e de seus exércitos de Mendigos, Conde Lodewyk proibiu qualquer pessoa de trazer mercadorias à cidade. Ele estava certo de que muitos dos cidadãos apoiavam os Mendigos, mas De Mepsche, o vice-governador do Condado de Aremberg, era um mestre severo que sabia como manter o povo subjugado e sob controle com a ajuda das tropas.

"Como está o exército de voluntários sob o comando do Capitão Panzer?", perguntou o Sr. Meulenberg.

Boudewyn começou a rir. "Esses voluntários são mais problemáticos para De Mepsche do que para o Conde Lodewyk. Durante uma briga perto de Haren, um grande grupo deles uniu-se ao nosso acampamento, trazendo a sua munição junto. Algum tempo depois, aconteceu um conflito no bairro de Appingedam, onde capturamos cerca de trezentos prisioneiros. Vamos lidar com esses homens, mas outro perigo ameaça. Há rumores de que o Conde de Aremberg está a caminho desta região com um forte exército de espanhóis e alemães. Conde Meghem, tenente-governador[20] de Gueldres, virá com ele".

Um barulho foi ouvido na porta. Onno entrou com vários coelhos pendurados no ombro. O Sr. Meulenberg apresentou-o a Boudewyn, e o caçador correu para encher duas canecas de cerveja e oferecê-las aos seus convidados.

Meia hora depois, o ferreiro anunciou: "Preciso ir embora. Eu gostaria de chegar a Wedde antes de anoitecer. Provavelmente, ficarei lá por alguns dias. Mas, antes de ir, devo informá-lo de algo sobre o qual você provavelmente ouvirá mais amanhã. Conde Lodewyk está reunindo suas tropas em Appingedam. Ele pode tentar entrar pela Frísia, uma vez que a cidade de Groningen mantém-se firme e não se renderá.

De qualquer forma, os soldados em Winschoten possivelmente irão a Appingedam amanhã para reunir-se com as quinze companhias[21] e uma cavalaria de trezentos que estão posicionados ali. Duas companhias ficarão para trás no castelo de Wedde e cinco ficarão em Slochteren".

"Isso significa que eu também devo partir amanhã", comentou o agricultor perturbado. "Mas... e Martin?".

---

20 No original, "Stadtholder", cargo que correspondia ao magistrado das Províncias Unidas da Holanda. Também designava o governador ou vice-governador de uma província. (N.do.T)

21 Uma companhia consiste de 50 soldados.

"Ele ainda deve descansar alguns dias", respondeu Onno. "Se eu não continuar a cuidar dele, não posso garantir que a ferida ficará devidamente curada".

Martin, chateado, olhava de um para o outro. Ele não contava com outra separação. Eles continuaram a discutir a situação por algum tempo, até que todos concordaram que o paciente deveria ficar com Onno. Boudewyn tinha certeza de que dentro de uma semana voltaria de Wedde para Appingedam e, em seu caminho de volta, pararia na casa de Onno para ver como Martin estava se saindo. Se a ferida estivesse suficientemente curada, então Martin poderia voltar com o ferreiro para Appingedam.

Depois que todas as providências necessárias foram tomadas, o Sr. Meulenberg e Boudewyn disseram adeus.

Onno, que percebeu que Martin não estava feliz com os últimos acontecimentos, tentou o seu melhor para distrair o rapaz. Ele pendurou uma panela pesada acima do fogo e preparou uma saborosa sopa com muita carne. Em pouco tempo, um aroma agradável encheu a sala.

Nesse meio tempo, ele colocou um curativo limpo no ferimento do rapaz. Certamente ainda não estava curado, mas parecia muito melhor e Onno assegurou Martin de que não havia mais nenhuma razão para se preocupar.

Depois de terem comido, Martin foi autorizado a sair da cama. Ele teve uma agradável surpresa ao perceber que já conseguia andar muito bem. Quando o rapaz enfiou-se sob os cobertores novamente, Onno sentou-se ao seu lado e contou-lhe mais algumas histórias sobre as aventuras que ele viveu como caçador. Normalmente, Onno não era muito falador, mas fazia o seu melhor para deixar Martin feliz. Embora sentisse pena de Martin, no fundo, ele estava feliz por tê-lo consigo por algum tempo ainda. Ele tinha se tornado muito apegado ao menino e, através das conversas com Martin e seu pai, sentiu que começava a mudar, embora ainda não externamente. Ele percebeu que aquelas pessoas possuíam as riquezas que lhe faltavam, e começou a cobiçá-las também.

Um pouco mais tarde, Onno apagou a vela e também foi para a cama, enquanto Sultão encolheu-se em frente à lareira em chamas. Martin ficou acordado, com o sentimento de solidão ameaçando vencê-lo novamente. Então, ele entrelaçou os dedos e, outra vez, abriu seu coração ao seu Pai celestial. Em pouco tempo, ele também estava dormindo.

9

UMA AVENTURA CAÇANDO

Cerca de uma semana depois, em uma bela e ensolarada manhã de primavera, Onno e Martin partiram para um passeio na floresta. Martin recuperou-se surpreendentemente rápido. Diversas vezes, ele saiu para alguns passeios curtos, mas, agora, tinha sido autorizado a ir junto numa caçada. Se sua perna aguentasse, ele poderia acompanhar Boudewyn em sua viagem para Appingedam.

O ferreiro ficou mais tempo fora do que o esperado, mas eles entenderam o porquê. Poucos dias antes, Conde Lodewyk convocou voluntários para cavar trincheiras e construir muros em torno de Delfzijl. Alguns homens foram enviados para Wedde, fazendo o mesmo por lá. Era possível que o Conde tivesse pedido a Boudewyn para ficar e supervisionar o trabalho.

A maior parte dos homens de Winschoten atendeu ao chamado de ajudar nesse trabalho. A maioria das pessoas naquela área apoiava o exército dos Mendigos e, além disso, os salários eram bons. Enquanto caminhavam pela pequena vila de St. Vitusholt, eles só avistavam idosos, mulheres e crianças, que tinham ficado para cuidar da terra e gado.

Martin estava de bom humor. Sua perna quase não o incomodava mais. Porém, embora fosse muito grato pelos bons cuidados de Onno, ele ainda desejava estar com seu pai novamente.

"Espero que Boudewyn venha em breve", ele disse. "Caso contrário, terei que ir sozinho para Appingedam".

"Você não precisará ir sozinho; estou planejando ir com você", respondeu o caçador calmamente.

"Oh, isso é ótimo! Mas você percebe que pode ficar longe de casa por muito tempo?".

"Isso não importa", respondeu o caçador. "Agora entendo que seu pai estava certo e tenho a intenção de me juntar ao exército dos Mendigos. Posso estar velho, mas ainda consigo atirar muito bem".

Martin ficou agradavelmente surpreso e corou de felicidade ao ouvir isso. Sua afeição por Onno havia crescido muito, e estava grato porque uma separação ainda não seria necessária. O menino percebeu o quão difícil esse compromisso deveria ser para o velho e calmo caçador que sempre foi reservado. Contudo, durante a semana passada, ele notou várias vezes que Onno estava lendo os panfletos sobre a fé reformada que seu pai havia deixado para trás.

Eles alcançaram a floresta, e Martin sabia que não haveria mais conversa. Cautelosamente, caminhou atrás do caçador, evitando qualquer possível ruído que pudesse alertar os animais de sua chegada. Eles caminharam contra o vento, o que mantinha seus cheiros para trás, impedindo que qualquer animal à frente fugisse. Até mesmo Sultão, que estava brincando no campo, ficou calmo e alerta.

O caçador fascinava Martin. Onno era capaz de rastejar pelo mais denso gramado sem provocar sequer o ruído do farfalhar de folhas. Sua visão aguçada não deixava passar qualquer sinal e ele entendia todos eles. Com uns poucos arranhões na terra, galhos quebrados, algumas flores ou folhas comidas, ele era capaz de explicar que animal havia passado por ali e aproximadamente há quanto tempo. Onno entendia a linguagem da floresta e, de vez em quando, sussurrava uma explicação para seu jovem amigo.

Naquele momento, atirar estava fora de questão. Nada que valesse uma bala havia saído de seu esconderijo.

Eles adentraram mais e mais na floresta. Embora o território fosse desconhecido para Martin, ele não tinha medo, apesar da terrível aventura vivida há algumas semanas. Ele se sentia bastante seguro com Onno e Sultão.

De repente, o caçador parou. Chegaram a uma clareira na floresta e, no musgo macio que crescia ali, havia pegadas que eram quase imperceptíveis. Na verdade, Martin não podia sequer distinguir nada, mas seu experiente companheiro ajoelhou-se e as estudou cuidadosamente.

Sultão também tinha notado as pegadas. À medida que continuavam a caminhar pela clareira, o caçador, com seus olhos aguçados, não tinha muita dificuldade em seguir as pistas. Porém, logo que a floresta começou a fechar-se sobre eles, o terreno tornou-se mais difícil e, muitas vezes, eles precisaram contar com a habilidade de farejar de Sultão. O cão não os decepcionou.

Cautelosamente, eles continuaram. Martin se coçava de entusiasmo e impaciência, mas o caçador experiente pediu-lhe que mantivesse a calma. Qualquer movimento descuidado ou galho quebrado poderia afugentar o animal.

Menos de meia hora depois, a floresta ficou menos densa, e as pegadas estavam fáceis de seguir.

"Estamos seguindo dois cervos", Onno sussurrou. "Acredito que estamos muito perto deles". Ele pronunciou um comando rápido e Sultão abaixou-se atrás de Onno. Martin seguiu o seu exemplo e com muito cuidado rastejou em frente.

Nos limites da floresta, eles se ajoelharam atrás de alguns arbustos. À sua frente, estendiam-se brejos pantanosos de baixa altitude. No horizonte, onde o terreno era um pouco mais alto, uma estrada era visível. Mas Martin dificilmente notou esses detalhes. Ele viu algo muito mais interessante: dois belos veados pastando no urze!

Onno apontou com cuidado, mas depois hesitou. "Na verdade, a distância é muito grande para a minha arma", murmurou. Ele olhou em volta para ver se poderiam chegar mais perto. Quando percebeu que este era o melhor lugar, levantou a arma novamente, mirou com cuidado e disparou.

O maior dos dois veados saltou, caiu, levantou-se novamente e tentou fugir. Obviamente, ele estava gravemente ferido. O outro fugiu para a floresta e logo estava fora de vista. A emoção da caçada tomou conta de Martin. Ele ficou de pé e correu atrás de Sultão. Onno gritou em advertência, mas Martin não conseguiu ouvi-lo. Era tolice correr assim, e, depois de uma curta distância, a perna começou a doer e Martin precisou desacelerar. Ainda assim, ele continuou correndo, impulsionado pelo desejo de alcançar o cervo antes que ele conseguisse desaparecer na floresta.

Atrás de si, Martin podia ouvir o caçador correr. Onno corria rápido, apesar da sua idade! Para o rapaz, ser ultrapassado por um homem com idade para ser seu avô seria demais. Ele tentou aumentar a velocidade, mas Onno parecia fazer o mesmo.

O solo de turfa pantanosa parecia enrolar-se sob os pés do menino. Ele virou um pouco para a direita quando percebeu algumas áreas verdes, grandes e planas no terreno. Certamente seria mais fácil correr nelas. Quando estava prestes a colocar seu pé em uma, uma mão agarrou-o por trás. Ofegante por correr tão rápido, Onno segurou Martin pelo ombro. A velocidade, porém, fez os dois caírem.

A mão esquerda de Martin pousou sobre a área verde. A queda o assustou, mas o barulho de água salpicando o assustou ainda mais. O que parecia grama eram lentilhas d'água e outras plantas aquáticas que encobriam grandes valas. Felizmente, ele caiu em terra seca, pouco antes da área enganosa.

"Bem, meu jovem... essa foi por pouco...", ofegava Onno. "Este lugar está cheio de buracos de turfa... alguns bastante profundos. Você não consegue enxergá-los porque eles estão cheios de água até a borda e estão encantadoramente cobertos com plantas verdes... você com certeza sabe como encontrar encrenca! Tive que correr muito rápido!".

Martin estava envergonhado de si mesmo. "Eu... eu realmente sinto muito... não sabia que era tão perigoso aqui", ele gaguejou.

O caçador riu. "Você não é a primeira pessoa a ser enganada neste local. Nem todo mundo foi sortudo como você. No entanto, é melhor continuarmos".

Um pouco mais adiante, o terreno começou a elevar-se. Eles cruzaram o caminho das carroças e viram Sultão latindo e abanando o rabo de alegria ao lado do animal morto. Era um belo e bem alimentado cervo. Onno olhou para ele com satisfação.

"Vou tirar pele e osso aqui mesmo, então só teremos que carregar a carne." Tomando uma faca afiada, ele sentou e começou a esfolar o animal morto. Sultão observava atentamente. Ele sabia por experiência que receberia a sua parte.

Martin não podia fazer muito para ajudar. Além disso, Onno não queria que ele fizesse algo. Sua perna provavelmente já teve mais do que a sua cota de exercício e eles ainda teriam de voltar para casa.

Sentado em uma bela colina sob sol quente da primavera, Onno continuou a trabalhar rápida e disciplinadamente. Enquanto isso, explicava a Martin exatamente onde estavam.

"Estamos no limite oriental de Vossenheuvel[22]. Não é mais uma parte de Winschoten, mas pertence a Heiligerlee. Na verdade, esta propriedade pertence ao convento. Se você olhar para trás, verá a floresta, que é o início de Kloosterbos[23]. Você consegue ver um edifício de tijolos vermelhos por entre as árvores? Aquele é o convento Monte Sinai. Não há mais gente lá. Bem na nossa frente, você pode ver St. Vitusholt, de onde viemos, e à esquerda é Lodebos. O pequeno edifício no vale é uma fábrica de tijolos. Uma vez que a turfa é retirada, surge solo argiloso. Este é usado para fazer grandes tijolos. Por essa razão os buracos de turfa são tão profundos. Primeiro, a turfa é retirada e, depois, o barro".

---

22 Colina da Raposa.
23 Convento da Floresta

Martin estremeceu. "Alguém já se afogou aqui?", questionou.

Onno assentiu. "Anos atrás, quando eu ainda era jovem, houve aqui uma violenta batalha entre os soldados do Imperador Carlos e do Duque de Gelderland. George van Schenk era o comandante do exército do Imperador. Naquela época, Geldersen e os dinamarqueses estavam causando alvoroço, saqueando e matando nesta área. Foi aqui que os dois exércitos se encontraram. George van Schenk tinha um guia que estava muito familiarizado com este terreno. Eles foram bem sucedidos em conduzir Geldersen e os dinamarqueses para o pântano e os buracos de turfa, onde se afogaram ou foram mortos por soldados do Imperador. Desde aquela época, o Imperador Carlos tem sido o Senhor da cidade de Groningen e de Ommelanden também".

Martin ouvia atentamente. Ele podia imaginar toda a cena à sua frente, a luta, os homens em fuga, e sua repentina e inesperada queda nos buracos de turfa e argila.

Quando Onno terminou de esfolar o cervo, começou a cortar a carne em pedaços. Aquilo que não era aproveitado, ele dava a Sultão, que comia com prazer. Por fim, Onno cortou um longo ramo de uma árvore que ficava no limite da floresta. Ele tirou todas as folhas e galhos e amarrou a carne nele.

"Pronto", disse, satisfeito com seu trabalho. "Carregaremos em nossos ombros".

Primeiro, eles tomaram o caminho das carroças para Winschoten por um tempo e, então, viraram para a direita e seguiram a estrada para St. Vitusholt, que os levou para a casa de Onno.

Após Onno ter certeza de que Martin tinha comido uma refeição nutritiva, o rapaz foi para a cama. Ele estava muito exausto.

O velho caçador estava de muito bom humor. Tinha sido um dia de caça produtivo e ele já tinha tomado sua decisão. De manhã, tomaria as providências necessárias, enquanto Martin poderia descansar. No dia seguinte, eles iriam para Appingedam. Se Boudewyn aparecesse, poderiam viajar juntos. Caso contrário, iriam os dois.

Martin adormeceu imediatamente, mas Onno ainda leu por muito tempo um dos folhetos que tinha recebido do Sr. Meulenberg.

10

MAIS PROBLEMAS

O tempo havia mudado completamente durante a noite, e o novo dia amanheceu nublado e cinza, com um vento cortante. Instruído por Onno, Martin ficou na cama para descansar. Na verdade, Martin sentia-se muito bem. A longa caminhada não o incomodou de jeito nenhum.

O caçador estava ocupado preparando-se. Ele arrumou algumas coisas em uma mochila de couro para levar consigo. Ele limpou sua casa e arrumou tudo organizadamente. Ele também planejava ir a Winschoten no final da tarde para vender um pouco de carne.

Para o almoço, tiveram uma deliciosa refeição de carne de cervo. Martin gostou muito. Após a refeição, Onno permitiu que Martin ficasse de pé para se vestir.

Quando Martin saiu, cerca de quinze minutos depois, Onno estava parado junto à porta. Sua mão protegia os olhos enquanto ele examinava o horizonte a oeste. Uma expressão preocupada cruzou seu rosto.

“Tem alguma coisa errada?”, perguntou Martin.

“Observe ali”, disse Onno, apontando com a mão.

De longe, Martin pôde ver algumas nuvens de fumaça escura subindo. Assustado, Martin exclamou: “Parece fogo!”.

Onno assentiu. “É a aldeia de Westerlee. Não há apenas uma casa queimando, mas quatro ou cinco. Olhe com cuidado.

À esquerda, há ainda mais nuvens e, à direita, você pode ver algumas chamas subindo. Algo está terrivelmente errado. Temo que…". Ele não terminou a frase, mas entrou abruptamente em casa. Pegou sua arma, um pouco de pólvora, balas, uma faca de caça afiada e um machado. Então, chamou Sultão e voltou para fora.

"Venha comigo. Vou investigar", disse ele a Martin, desencadeando imediatamente um ritmo acelerado.

Martin o seguiu, curioso, mas, ao mesmo tempo, cheio de preocupação. Sultão também pareceu pressentir problemas e permaneceu silenciosamente alerta.

À distância, era possível enxergar muitas casas em chamas. Em St. Vitusholt, as pessoas estavam paradas ao lado de suas pequenas casas, olhando amedrontadas para os incêndios. Em sua maioria, eram mulheres, crianças e alguns homens mais velhos. Seus jovens ainda estavam em Appingedam, ajudando a cavar trincheiras.

Onno e Martin juntaram-se a um grupo de pessoas que conversavam agitadamente. "O que está acontecendo?", perguntou o caçador.

"Nada muito bom", respondeu um homem velho, enquanto apontava na direção dos incêndios. "Tenho certeza de que descobriremos em breve. As pessoas já estão correndo neste rumo".

Ao longo de uma estrada pelo campo, eles viram uma jovem mãe correndo na direção deles. Ela tinha uma pequena trouxa de roupas em uma mão e um bebê em seu outro braço. Atrás dela, duas crianças pequenas vieram correndo de mãos dadas, tentando alcançar sua mãe em fuga. Alguns momentos depois, a jovem mãe chegou ao pequeno grupo. Parecia assustada, seu cabelo estava desgrenhado e ela estava chorando.

"Uma grande tropa de soldados veio da cidade. Eles estão saqueando as casas e queimando tudo. Eles são cruéis! Harm Klink tentou resistir e foi morto a tiros. Eu consegui escapar pelos campos. Se eu não tivesse feito isso, mais coisas horríveis poderiam ter acontecido".

"O que deu nesses homens?", perguntou Onno indignado.

"É vingança. De Mepsche os enviou", respondeu a jovem. "Ele está furioso porque a maioria das pessoas nesta área apoia o exército dos Mendigos. Eles sabem que nossos homens se foram. É por isso que estão tão valentes!".

Agora, mais pessoas vinham pela estrada na direção deles. Alguns escaparam com suas carroças e conseguiram levar alguns pertences. Todos tinham histórias para contar sobre o caos e a destruição provocados pelos soldados, que enlouqueceram em sua pilhagem.

Tudo em Westerlee parecia estar queimando agora. De repente, as pessoas notaram um grupo de cavaleiros à distância, avançando no rumo delas.

"Estão vindo para cá! Temos que correr!", os fugitivos gritaram. Em pânico, fugiram em diferentes direções, na esperança de levar, pelo menos, alguns pertences e animais com eles.

"O que devemos fazer?", perguntou Martin enquanto olhava com inquietação para os cavaleiros que se aproximavam rapidamente. "Ir para casa?".

Os punhos de Onno estavam cerrados e seus olhos brilhavam de raiva. "Aquela casa não significa nada para mim", ele murmurou, "mas as pessoas pobres daqui... Eu gostaria de poder ajudá-las contra esses soldados sujos!".

A estrada estava cheia de fugitivos. Alguns deles arrastavam uma vaca, outros um porco ou algumas cabras. Mulheres e crianças estavam chorando e os idosos se esforçavam para correr mais rápido.

A maioria deles fugia para Winschoten pelo Garstpad, mas os poucos que perceberam a futilidade disso desapareceram na floresta. Com um avanço feroz, os soldados investiram sobre eles. Alguns, chegando às primeiras das casinhas humildes, saltaram de seus cavalos e entraram sem delongas. Outros atacavam as pessoas em fuga, roubando-lhes os seus escassos pertences e matando os poucos animais que tinham conseguido resgatar. Logo as chamas erguiam-se ao céu, misturadas com os gritos de pessoas feridas e os gemidos de animais morrendo.

"Sem piedade com esta escória; matem qualquer um que resista", o líder dos cavaleiros gritou.

Quando Onno viu os cavaleiros aproximando-se, chamou: "Venha, Martin, não podemos fazer nada aqui". Correram em direção à floresta, mas um soldado gritou: "Parem!".

Como a ordem não foi atendida, uma bala atingiu de raspão a jaqueta de couro de Onno. "Posso fazer melhor do que isso", Onno respondeu com calma e, sem demora, apontou e disparou. O soldado gritou e, em seguida, caiu para a frente, enquanto alguns de seus companheiros correram para o lado dele, vomitando uma enxurrada de pragas contra o atirador. Onno e Martin desapareceram rapidamente na floresta. Apenas algumas centenas de metros no interior da floresta, eles encontraram um casal de idosos. Ao ouvirem os passos que se aproximavam, os rostos do casal ficaram marcados pelo medo. Porém, tudo transformou-se em alívio quando eles viram Onno e Martin.

"Venham", Onno gritou, agarrando uma das bagagens que os velhos arrastavam e apontando para que Martin carregasse a outra. "Eu conheço um lugar seguro para nos escondermos", acrescentou. Confortados, seguiram o caçador, cientes de que ninguém mais conhecia os caminhos dos bosques como Onno.

Em pouco tempo eles se depararam com mais fugitivos que não conseguiram chegar em Winschoten. Todos eles se juntaram ao grupo de Onno, os mais fortes levando a bagagem e ajudando os mais fracos. Todos estavam muito deprimidos, sabendo que as suas casas e pertences tinham sido destruídos. Mas estavam vivos, embora ainda corressem grande risco.

Onno liderou o grupo por caminhos sinuosos até que estivessem nas profundezas da floresta e parou diante de uma grossa e alta cerca viva de amoreiras. O velho caçador sabia o que estava procurando. Ele virou para o lado, fez um trajeto em semicírculo ao redor da cerca e andou até uma trilha estreita, que quase não permitia que uma pessoa passasse. Sultão assumiu a liderança, seguido por Onno, depois Martin e todos os outros. Em seu esforço para tentar acompanhar o líder, algumas pessoas rasgaram suas roupas nos espinhos ao longo do caminho apertado. Outras sofreram arranhões sérios, mas não se queixaram porque todos perceberam que as amoreiras eram uma boa proteção contra os seus inimigos.

Depois de algumas curvas no caminho, eles se depararam com um espaço aberto, cercado por arbustos espinhosos. O chão da floresta estava coberto de um musgo macio.

"Certo", disse Onno enquanto se sentava. "Não estamos totalmente seguros aqui, mas é o melhor esconderijo por ora".

Com um suspiro de alívio, as pessoas exaustas sentaram-se no convidativo musgo. Certamente, os soldados teriam dificuldade em encontrá-los ali. No entanto, Onno não estava satisfeito, e, depois de alguns minutos de descanso, levantou-se novamente. Tomando sua faca, cortou alguns galhos das amoreiras e, com a ajuda de Martin e alguns homens mais velhos, fez uma alta barricada com os galhos, cobrindo a pequena abertura do caminho.

Cerca de uma hora se passou sem que nada acontecesse. De vez em quando, eles ouviam alguns gritos ou um tiro ecoando longe.

"Eu vou investigar", finalmente disse Onno.

"Posso ir junto?", Martin implorou.

Por um minuto, o caçador hesitou e depois acenou com a cabeça: "Tudo bem, mas lembre-se de ficar perto de mim e, acima de tudo, fique quieto!". Eles removeram a barricada, a recolocaram imediatamente e, em poucos minutos, estavam do lado de fora da estrutura espinhosa. Embora ainda fosse dia, debaixo da pesada folhagem estava escuro. Onno olhou em todas as direções, mas não notou nada.

"Olhe para Sultão", Martin sussurrou. Pela postura do cão, era óbvio que seus sentidos aguçados notaram algum perigo que seu dono não foi capaz de perceber.

Imóveis, eles esperaram. "Ouvi alguns galhos estalando longe daqui", disse Onno. Totalmente alertas, facilmente perceberam de que direção vinha o barulho. Martin carregava um robusto galho de espinheiro, enquanto Onno segurava sua arma pronto para disparar. O farfalhar e estalar tornaram-se mais altos e soava como se uma pessoa desajeitada estivesse se jogando contra os arbustos.

Pouco tempo depois, um homem apareceu. Era Freerk Harms, um homem corpulento e pesado, e ele carregava uma grande bolsa de couro que tilintava com cada movimento que fazia. O esforço incomum tinha feito seu rosto corar com um vermelho profundo, e suas roupas estavam rasgadas pelas amoreiras. Seus olhos assustados constantemente olhavam para todas as direções, todavia, ele não viu os dois amigos e seu cão.

"Pare!", Onno gritou com uma voz rouca.

Completamente petrificado, o homem gemeu: "Todos os santos, ajudem-me!". Ao mesmo tempo, apertou a bolsa com força contra o peito.

"Não se preocupe com o seu precioso dinheiro, Freerk Harms, não vou tomá-lo de você", o velho caçador zombou.

"Ah, Onno, é você? Você me assustou!", o fazendeiro fugitivo gemeu. Embora estivesse aliviado que fosse Onno e não os soldados, ele se agarrou firmemente à sua mala de dinheiro.

"Os soldados ainda estão saqueando?", perguntou Onno.

"Oh, sim! É terrível. Eles queimaram minha linda fazenda e eu sempre fui um bom sujeito. Nunca me misturei com hereges ou rebeldes, e agora estou como um mendigo. Eles me perseguiram por todo o caminho por entre as árvores".

"Não me venha com essa história de mendigo. Para mim, essa bolsa parece bem cheia e suas terras ainda estão lá também". Onno comentou. "Mas é melhor você vir conosco antes que os soldados apareçam".

Temerosamente, Freerk virou-se, imaginando que os soldados apareceriam naquele instante. Então, rapidamente, seguiu o caçador e Martin para o esconderijo. Surpreso ao ver tantos fugitivos lá, o que o perturbou, sentou-se longe dos outros e colocou a bolsa nas costas.

"Que tipo de homem ele é?", Martin perguntou Onno.

"Ele é o homem mais rico da região, mas muito mesquinho".

Passaram-se mais trinta minutos e, então, eles ouviram uma cantoria grosseira entoada por vozes bêbadas. Um silêncio mortal caiu sobre o esconderijo enquanto o inimigo aproxima-va-se. O farfalhar das folhas e galhos podia agora ser ouvido com nitidez; claramente, o inimigo estava muito perto.

Até Freerk Harms largou sua bolsa de dinheiro, deixando--a atrás de si. Com um olhar amedrontado, ele olhou na dire-ção em que o som do perigo aproximava-se. Do outro lado dos arbustos ouviram alguém praguejar. "Esta floresta miserável parece ser assombrada. Tudo o que tem nela são espinhos. Não há como atravessarmos isso". A voz era arrastada porque o ho-mem estava embriagado.

"Este poderia ser o lugar perfeito para aquele gordo ava-rento esconder-se", outra voz respondeu. "Não tenha medo de alguns arranhões; se você não estivesse tão ocupado com a gar-rafa de uísque lá atrás, o fazendeiro não teria escapado".

"Disse bem, Klaus!", um terceiro soldado comentou. Um pouco mais distante outras vozes podiam ser ouvidas também. Aparentemente, uma grande tropa estava vasculhando a flo-resta.

Como Freerk estava com muito medo, grandes gotas de suor acumularam-se em sua testa. Ele percebeu muito bem que era o assunto da discussão entre os soldados.

Sem fazer um ruído, Onno moveu-se em direção à barri-cada e posicionou-se ali com sua arma preparada para disparar. Martin e Sultão estavam bem atrás dele. Eles podiam ouvir a busca dos soldados a apenas alguns metros de distância. Será que eles encontrariam o esconderijo?

Não, parece que o perigo tinha passado. Resmungando sobre os espinhos impenetráveis, os soldados começaram a se afastar.

11

UMA BATALHA PERDIDA

Os fugitivos suspiraram de alívio. Era muito cedo, mas o pior ainda estava para acontecer. Um menino pequeno, desconhecendo qualquer perigo, perambulava perto da bolsa do avarento. Ele enfiou seu dedinho no cordão e afrouxou o nó. A bolsa se abriu e, vendo todas aquelas moedas brilhantes, o menino enfiou sua mãozinha nelas com grande prazer. Freerk Harms, ouvindo o tilintar, virou-se. Vendo o que a criança estava fazendo, deu-lhe um forte tapa no ouvido, fazendo o pequeno gritar de dor.

Rapidamente, a mãe estendeu a mão para calar seu filho, mas foi em vão. Para aumentar o dilema, outras duas crianças, cansadas e chateadas com a tensão do dia, juntaram-se ao choro.

Como resultado, um breve silêncio veio de fora do esconderijo. Então, eles ouviram Klaus chamar: "Por esse caminho, companheiros! Há um grupo de fugitivos escondendo-se por trás das amoreiras! Há ainda algum espólio para a gente".

Gritando e berrando, os soldados voltaram e começaram a procurar em torno dos arbustos de amora para achar a entrada do esconderijo. Embora as crianças estivessem novamente em silêncio, o dano já havia sido feito. Em sua ansiedade, os fugitivos planejavam descontar sua raiva em Freerk Harms, mas Onno os deteve.

"Nós teremos uma conversa com este homem depois. Agora, precisamos afastar os nossos inimigos".

"Se entregarmos Freerk com sua bolsa de dinheiro, os soldados provavelmente nos deixarão ir", uma das mulheres comentou.

Onno balançou a cabeça em negação. "Esses sujeitos são um bando de canalhas perigosos que não estarão satisfeitos até que tenham todos nós". Ele voltou para seu posto perto da barricada. Do outro lado dos arbustos, os soldados ainda estavam procurando. De repente, ouviu-se um grito de triunfo. "Aqui está o caminho! Agora encontraremos nossos pombos fritos e faremos uma bela refeição".

Onno, em silêncio atrás da barricada, estava pronto para atirar. Ele estava calmo como se esperasse matar alguma caça. Quando o primeiro soldado surgiu na curva, ele disparou. Com um grito, o homem caiu. Assustados, os outros recuaram rapidamente, procurando cobertura atrás dos arbustos. Em suas mentes embaçadas pela bebida, não consideraram uma possível resistência.

A uma distância segura, discutiam sua estratégia. De início, sussurraram, mas logo surgiram divergências e os fugitivos podiam ouvi-los gritando. Finalmente, Klaus disse com um comando decisivo: "Vamos retaliar a morte de nosso camarada, não poupem homem, mulher ou criança! Acabem com todos eles!".

Ao ouvir isso, algumas mulheres começaram a chorar baixinho. Onno, porém, comentou: "Eles terão de lutar para nos pegar. Eu tenho mais munição para a minha arma. Meu primeiro tiro derrubou um e vou fazer isso de novo".

Parecia que se os soldados tinham entrado em acordo. Eles estavam calmamente discutindo seu plano de ataque. Nenhuma nova palavra sobre o assunto veio da cerca espinhosa.

Onno estava de volta ao seu posto, pronto para derrubar o primeiro inimigo que avistasse. Cinco minutos se passaram sem que nenhum movimento fosse ouvido. Martin perguntava-se o que estaria acontecendo.

Então, atrás deles, uma voz gritou: "A maioria deles são mulheres e crianças, com alguns idosos que não podem causar muitos problemas. Além deles, há o agricultor gordo e seu saco de dinheiro".

Virando-se, eles perceberam em uma das árvores um soldado enviado para espioná-los. Rapidamente, ele começou a descer.

"Idosos que não podem causar muitos problemas... certo!", Onno murmurou, um disparado foi ouvido e o espião caiu.

Um grito furioso veio do inimigo, que agora percebia que havia um atirador entre os fugitivos. Eles silenciosamente discutiam sua estratégia, enquanto tentavam não expor-se novamente à mira do caçador.

"O que acontecerá agora?", Martin perguntou baixinho.

Onno levantou os ombros. "Eu não sei, mas temo que estejam planejando atacar-nos". Apenas alguns minutos depois, ouviram estalos, acompanhados do cheiro de fumaça.

"Eles estão colocando fogo na floresta!", uma das mulheres gritou.

"Que patifes!", Onno murmurou, empalidecendo. "Se eles conseguirem, toda a floresta morrerá". Ele correu em direção à fumaça, mas percebeu que não conseguiria alcançar o fogo por causa da cerca. Obviamente, os soldados planejavam encher o esconderijo de fumaça para tirar as pessoas dali.

A princípio, parecia que o plano maligno falharia. A madeira estava mole e molhada pela umidade do inverno e não queimava muito fácil, mas a espessa fumaça penetrou pela folhagem primaveril.

O velho caçador pegou sua arma novamente e, através da cerca, disparou na direção dos locais onde ouvia soldados acendendo o fogo. Por duas vezes, ouviu-se um gemido seguido de um baque, o que indicava que ele havia atingido alguém.

Entretanto, Onno era incapaz de deter o incêndio, que agora queimava em dois lugares. Labaredas saltavam de um lado para o outro até que emergiram em uma grande chama. O vento soprava o fogo diretamente contra os fugitivos e eles começaram a entrar em pânico. Assustadas, as mulheres pressionavam seus filhos contra o peito e os homens mais velhos olhavam com consternação sombria para as chamas.

Freerk Harms apertou ainda mais a corda de seu saco de dinheiro, o qual segurava apertado contra o peito. Com os olhos, ele procurava uma rota de fuga como um rato preso em uma armadilha.

Martin também estava assustado. Se apenas Papai ou Boudewyn passassem por aqui com outros, pensou.

Com sobriedade, o caçador anunciou: "Algo deve ser feito ou seremos queimados vivos. Talvez possamos abrir nosso caminho através desse grupo meio bêbado. O número deles diminuiu". Ele pegou a faca e cortou alguns pesados galhos espinhosos, entregando-os a todos como armas. Para um dos homens mais velhos, que parecia bem capacitado, ele deu o seu machado. Na verdade, ele deveria ter dado esta arma para Freerk Harms, mas ninguém confiava no homem. Sua mente se concentrava apenas em seu dinheiro. Todos estavam dispostos a deixar seus pertences para trás, mas Freerk agarrava-se à sua bolsa.

"Agachem-se e venham atrás de mim", Onno ordenou. "Quando eu der o sinal, seguiremos em frente, permitindo que mulheres e crianças passem primeiro, enquanto detemos soldados. Agora, em nome de Deus, vamos!".

Estas últimas palavras comoveram Martin; ele nunca tinha ouvido Onno falar sobre Deus antes. Houve realmente uma mudança no coração de seu amigo? Ele percebeu a expressão séria no rosto do caçador; parecia que ele não acreditava em sua própria estratégia.

Cuidadosamente, eles andaram pela trilha com Onno no comando. Os soldados estavam tendo um momento de alegria e era possível ouvir seus gritos de contentamento do outro lado da cerca. Chegando ao final da trilha, o caçador fez um sinal e parou. Todos agacharam-se mais ainda, enquanto Onno espreitava por entre as folhas. O caçador apontou e disparou. Então, ele se levantou e gritou: "Avante!". Ele correu para o final do caminho e os outros o seguiram de perto.

Os fugitivos já haviam corrido cerca de dez metros antes que os soldados percebessem o que estava acontecendo. Então, eles começaram a gritar e correr em perseguição. Se os fugitivos tivessem a ajuda de alguns homens fortes, a fuga poderia ter sido bem sucedida, mas as mulheres e as crianças pequenas não eram páreo para esse bando de vilões selvagens. Os mais fortes tentavam ajudar os mais fracos – exceto Freerk Harms, que viu seu caminho desobstruído e conseguiu escapar com sua bolsa, sem pensar nas outras pessoas.

Mesmo assim, os soldados encontraram grande resistência neste grupo desesperado. Com coragem frenética, as mulheres lutaram para proteger seus filhos. Onno usou a sua arma como um porrete, derrubando dois soldados no chão. Martin girou o ramo espinhoso em torno de si, protegendo do massacre algumas crianças que choravam. Até Sultão uniu-se à luta, cravando profundamente os dentes na perna de um rapaz grosseiro, que, sacudindo-se, tentava desesperadamente livrar-se das presas ferozes do animal.

Lutando e defendendo-se, Onno e seus companheiros afastaram-se lentamente, esperando que os soldados os deixassem ir quando notassem que não havia nada para ser saqueado. Era uma esperança vazia. Os soldados enfurecidos tinham perdido a razão. Além disso, com suas longas lanças, eles tinham uma nítida vantagem sobre as pobres armas dos fugitivos. Para piorar, os soldados que tinham ido para o outro lado do esconderijo voltavam agora para unir-se a seus companheiros. Logo, o pequeno e valente grupo de combate estava cercado.

"Empurre-os de volta para os arbustos! Vamos torrá-los nas chamas!", gritou Klaus.

Um dos homens idosos sucumbiu à perfuração de uma lança. Uma mulher tentou proteger o filho com o próprio corpo. Martin tentou ajudá-la saltando sobre o soldado que a atacou, mas o sujeito era muito forte para ele e tentou atingir Martin com sua lança. Sultão veio em resgate, e a mordida do cão fez o soldado gritar de dor. Então, Martin correu rápido para auxiliar Onno, que estava sendo atacado por três inimigos de uma vez. Assim que tentou saltar sobre um dos soldados, foi agarrado por trás. Martin foi sacudido de um lado para o outro, parecia que o grupo estava totalmente condenado.

Então, ouviu-se um brado, o que fez o coração de Martin saltar de alegria. A voz ordenou: "Ataquem, homens, em nome do Príncipe de Orange e do Conde Lodewyk de Nassau!".

12

SALVOS

Um grupo furioso de homens armados com espadas, forquilhas, machados e porretes atacaram os surpresos soldados. Seu líder não era outro senão Boudewyn, o ferreiro, que girava um porrete pontudo com seu braço poderoso.

A maré da batalha virou de uma vez. Mesmo que as armas dos soldados fossem superiores às do pequeno exército de Boudewyn, a coragem e a raiva amarga de seus homens deu-lhes força para superar os covardes soldados que tinham sido valentes o bastante para atacar idosos, mulheres e crianças indefesos. Agora, porém, Klaus e seu bando colocavam sebo nas canelas, fugindo para a floresta.

Os homens furiosos não perseguiram os soldados por muito tempo. Algumas das mulheres, crianças e idosos ficaram gravemente feridos e precisava imediatamente de cuidados.

Boudewyn rapidamente aproximou-se de Martin, que estava sentado na grama tomado por uma vertigem nauseante. Ele escapou com apenas alguns arranhões e hematomas. Porém, as tensões deste dia, além da luta que ele tinha corajosamente participado, foram demais para o menino, que ainda não se recuperara completamente de sua recente enfermidade.

Preocupado, o ferreiro ajoelhou-se ao lado do seu jovem e mortalmente pálido amigo, mas ficou aliviado ao ver alguma cor retornar às bochechas de Martin poucos minutos depois.

"Estou bem", disse Martin, "estou apenas um pouco cansado".

Então, Boudewyn contou como ele e seus homens foram informados sobre um grupo de soldados que estavam em uma jornada de vingança. Eles ouviram que muitas fazendas e casas ao redor de Winschoten tinham sido completamente queimadas. Os homens, que estavam construindo um muro de barro em torno de Wedde, prepararam-se imediatamente para a batalha. A maioria deles tinha esposas e filhos que estavam em perigo.

Depois de uma viagem rápida, chegaram a Winschoten, apenas para encontrar as ruínas em chamas. A maioria dos moradores tinha fugido, com exceção de alguns poucos que encontraram refúgio na igreja, na torre ou em alguns dos outros prédios de tijolos. Boudewyn e um grupo de homens que viviam na aldeia de St. Vitusholt continuaram ao longo do Garstpad e encontraram tudo queimado, incluindo a pequena casa de Onno. Em seguida, ouviram alguns disparos e viram a fumaça surgindo por cima da floresta. Ele estava grato por chegarem na hora certa.

Martin, que estava muito melhor agora, olhou em volta e perguntou: "Onde está Onno?". O velho caçador não estava à vista, nem seu cachorro Sultão. Martin sentiu vergonha por ter esquecido completamente seu amigo e benfeitor. Provavelmente, foi porque ficou tonto e enjoado. A última coisa de que se recordava era Onno em uma briga com três soldados. O que tinha acontecido com ele?

Parecia que ninguém havia percebido a ausência de Onno, já que todos estavam ocupados procurando ou cuidando dos seus. Era preciso conter algumas feridas e alguns dos homens haviam encontrado suas esposas e filhos entre os fugitivos.

De repente, Boudewyn gritou: "Lá vem ele!". Por trás das pesadas folhagens dos arbustos, surgiu Onno. Apesar de claramente dolorido e muito cansado, ele tentou correr em direção a eles. Sua aparência assustou Martin. O rosto de Onno estava muito pálido e ele mancava, exausto. Havia também um grande medo no olhar do caçador.

Martin correu até ele e agarrou seu braço. Boudewyn seguiu logo atrás de Martin e perguntou: "Você está ferido, Onno?".

"Obrigado por virem em nosso auxílio", Onno engasgou. "Vocês chegaram na hora certa. Mas, há outro perigo que nos ameaça. Se não apagarmos o fogo atrás desses arbustos, em breve, toda a floresta queimará!".

Aterrorizado, Martin lembrou-se da tentativa dos soldados de queimá-los no esconderijo. Era necessária uma ação imediata e, novamente, Boudewyn assumiu o comando. Ele reuniu os homens e rapidamente explicou a situação perigosa em que estavam. Armados com suas ferramentas de batalha, espadas e forquilhas, eles rapidamente se recompuseram para salvar a floresta em chamas. Iniciado na vegetação mais rasteira, o fogo já estava quase alcançando as grandes árvores da floresta.

Sob a liderança de Onno, que era o mais qualificado para dirigir os trabalhos, os homens começaram a combater o fogo. Arbustos foram cortados ou completamente enterrados. Galhos e ramos em chamas foram extirpados. Todo mundo trabalhou duro. O velho caçador, em especial, parecia não conhecer o cansaço, dando exemplo com seu infatigável esforço para salvar a floresta.

"Como ele ama a floresta e toda a sua fauna!", Martin pensava. Depois de uma longa e aparentemente impossível batalha, a vitória surgia. As chamas tinham queimado e o fogo foi detido.

"Nós salvamos a floresta!", Onno exclamou com júbilo e, então, desabou.

Rapidamente, o ferreiro curvou-se para examiná-lo, mas a escuridão se instalava e ele era incapaz de discernir a condição do caçador. Percebendo que Boudewyn precisava de iluminação, Martin correu para buscar um galho ainda em chamas. Com a luz, Boudewyn viu que Onno tinha desmaiado e que grandes marcas de sangue manchavam suas roupas.

"Ele deve estar gravemente ferido", o ferreiro comentou. Abrindo a jaqueta de Onno, ele viu uma grande ferida no ombro e mais outra em sua lateral. Enquanto tentava verificar o sangramento das feridas de Onno, Boudewyn orientou alguns dos homens a vigiarem as brasas remanescentes, enquanto outros deveriam levar as mulheres e as crianças a Winschoten, a fim de procurarem abrigo para a noite que se aproximava.

Quando todos foram embora, Boudewyn pegou o velho em seus braços fortes e, guiado por Martin, que conhecia o caminho mais curto, caminhou para fora da floresta.

No curral do pasto comunitário, havia um bezerro que escapara da farra incendiária dos soldados. Boudewyn levou Onno para lá e gentilmente o deitou sobre a palha que Martin tinha rapidamente afofado. Sultão os seguira e agora estava sentado ao lado de seu mestre, de frente para Martin.

"Você deve ficar aqui, Martin, enquanto procuro resolver nossas necessidades imediatas", Boudewyn disse e saiu com passos largos.

Martin sentiu-se muito triste e solitário quando o ferreiro desapareceu na escuridão da noite. Terríveis acontecimentos haviam ocorrido neste último dia. Eles escaparam da morte por um triz. Será que Onno, a quem ele devia tanto, morreria aqui, neste lugar solitário, com apenas ele e o cão por perto? Um profundo sentimento de abandono tomou conta de seu coração. Mas, então, ele juntou as mãos e fechou os olhos em oração. Ele pediu a Deus para protegê-lo e curar Onno. Ele também orou por sua mãe, que estava sozinha em Emden e por seu pai, que estava trabalhando no exército do Conde Lodewyk. Ele implorou pela libertação dos Países Baixos da opressão espanhola, para que, juntamente com seus pais, ele pudesse retornar para a fazenda que possuíam.

Quando Martin abriu os olhos, lágrimas corriam por seu rosto, mas ele sentiu-se muito confortado.

De repente, ele escutou algum movimento na palha e, sob a luz da lua, percebeu que o caçador estava tateando em torno de si com um dos braços. Encontrando a cabeça de Sultão, que imediatamente começou a lamber sua mão, o velho murmurou: "Bom garoto! Mas, onde está Martin?".

"Eu estou bem aqui, Onno", o rapaz respondeu com um soluço, colocando a outra mão de seu amigo sobre a sua. "Como você está se sentindo?".

Uma pequena risada rouca, muito conhecida de Martin, veio em resposta. "Não se preocupe comigo, meu filho, eu perdi uma boa quantidade de sangue, mas meu velho corpo é muito resistente".

Aliviado, Martin colocou mais um pouco de palha sob a cabeça de Onno para deixá-lo mais confortável. Em seguida, eles ouviram passos do lado de fora e logo Boudewyn entrou com os braços cheios de mercadorias e um saco de estopa balançando por cima do ombro. Ele ficou muito satisfeito ao ver que o velho caçador tinha recuperado a consciência.

Depois de colocar a carga no chão, Boudewyn inclinou-se sobre Onno com profunda preocupação. Ele detectou alguma melhoria contudo e, vasculhando entre seus suprimentos, encontrou uma vela, a qual acendeu.

Agora, Martin podia ver o que o ferreiro tinha trazido: alguns cobertores, um presunto inteiro, pão, manteiga, queijo, um pote cheio de vinho, três copos e mais alguns itens.

Perplexo, ele assistia Boudewyn exibir tudo o que estava no saco. Então, perguntou curioso: "Onde você conseguiu isso?".

Boudewyn sorriu e disse que havia encontrado em sua pequena viagem. "Todas as casas em St. Vitusholt estão totalmente queimadas, exceto uma casa grande, parcialmente construída com tijolos. Deve ter sido uma fazenda", acrescentou.

Tendo agora recuperado completamente os sentidos, Onno murmurou: "Deve ser a fazenda de Freerk Harms".

"Bem, eu vasculhei os destroços na esperança de encontrar algumas provisões. Era evidente que a casa tinha sido saqueada antes de ser incendiada. Até mesmo o porão tinha sido esvaziado. Porém, os soldados não viram um alçapão no chão, que era a entrada de uma segunda adega. A porta estava parcialmente carbonizada e uma viga caiu dela; foi assim que eu percebi.

Deve ter sido um fazendeiro muito rico, porque há muitas provisões lá. Tranquilizando minha consciência, levei o tanto que podia carregar e o que fosse necessário para nossas necessidades imediatas".

"Não vai prejudicar Freerk Harms, e ele merece", disse Onno. Em seu coração Martin concordou, Onno tinha salvado a vida de Freerk, mas o agricultor respondeu com ingratidão.

À luz das velas, comeram e beberam, e só então Martin percebeu o quão faminto estava. Onno melhorou visivelmente depois de comer alguma coisa.

A noite caíra, e era hora de dormir. Após o ferreiro liderá-los em uma oração de ação de graças a Deus, que os tinha protegido de uma forma tão milagrosa durante aquele dia terrível, eles se deitaram. Cobrindo Onno com um dos cobertores, Boudewyn deitou-se ao lado de Martin, que estava sob outro cobertor. Sultão deitou-se aos pés de seu dono. Boudewyn apagou a vela, e logo a paz de um sono tranquilo desceu sobre a pobre morada.

13

DE VOLTA AO EXÉRCITO
DE CONDE LODEWYK

Lentamente, um raio de sol penetrou pelo cobertor escuro até chegar ao rosto de Martin. O rapaz sonolento moveu-se um pouco antes de abrir os olhos. Surpreso, olhou em volta até que sua memória recordou os acontecimentos de ontem. Sentou-se, observando todo o curral. Onde foram Onno, Boudewyn e Sultão? O velho caçador estava em péssimo estado na noite passada. Será que ele...?

Então, uma sombra cobriu os raios de sol e Boudewyn entrou.

Imediatamente, Martin perguntou: "Onde está Onno?".

O ferreiro, obviamente preocupado, respondeu: "Eu não sei, Martin. Acordei há meia-hora. Onno e o cão já haviam partido".

"Mas, Onno estava gravemente ferido. E se... e se ele foi à floresta para morrer?".

"Para a floresta, mas não para morrer!". Eles ouviram uma voz vindo de trás. Onno estava ali na entrada. Sua usual tez bronzeada estava pálida, mas, por outro lado, o idoso era ele mesmo novamente. Sultão estava com Onno. Ainda um pouco cansado, e com dor, o velho sentou-se e continuou: "Sinto muito se causei alguma preocupação, mas era algo que eu precisava fazer. Eu estava acordado desde cedo por causa da dor.

Decidi levantar-me e procurar algumas ervas na floresta". Ele mostrou-lhes algumas ervas verdes e continuou: "Tinha muito disso em minha casa, mas estão todas queimadas agora. Estou feliz porque na floresta há em abundância".

Impressionados, Boudewyn e Martin olharam para o idoso. Na última noite, a preocupação deles era se ele estaria morrendo. Certamente, ele deveria ser muito durão – era a expressão implícita em seus rostos.

Em uma velha panela de pedra, que Boudewyn encontrara em algum lugar, Onno preparou um fortificante para si e Martin. Em seguida, ele foi para debaixo dos cobertores novamente.

Eles ficaram no curral durante todo aquele dia, ou, pelo menos, Onno e Martin ficaram. Boudewyn saiu para averiguar a área algumas vezes e conversar com algumas pessoas que tinham retornado para suas casas queimadas. Freerk Harms ainda não voltara. Quem sabe ele tivesse algum senso de vergonha depois do seu comportamento no dia anterior.

O ferreiro preparou as refeições durante todo o dia, cuidando dos seus dois pacientes com uma amorosa preocupação. Na verdade, Martin não se sentia mal de forma alguma e queria se levantar. Porém, Boudewyn não o permitiu. Com o anoitecer, ele saiu por um tempo e voltou animado.

"Estamos indo para Appingedam amanhã", disse ele. "Cinco jovens da área querem se juntar ao exército do Conde Lodewyk em retaliação aos soldados que provocaram os incêndios de ontem. Vamos fazer uma espécie de maca para transportar Onno".

"Sem maca para mim", resmungou o velho. "Já estou me sentindo bem melhor, e amanhã estarei bem! Talvez eu consiga ensinar a esses jovens fracotes algumas lições durante a caminhada".

A princípio, Boudewyn não queria lhe dar ouvidos, mas finalmente consentiu ao perceber que Onno estava determinado a andar. Ainda assim, o ferreiro fez Onno prometer que avisaria quando se cansasse.

Eles desfrutaram de uma noite restauradora. Na manhã seguinte, prepararam-se para a viagem e estavam prontos e aguardando quando os jovens chegaram. Onno conhecia cada um deles pelo nome. Eram rapazes fortes e capacitados e estavam carregando as armas dos soldados que tinham morrido há dois dias.

Pela floresta, o pequeno grupo se dirigiu a Heiligerlee. De lá, iriam continuar por Woldweg[24], passando por Meeden, Zuidbroek, Slochteren e Siddeburen até Appingedam. Eles mantiveram um ritmo constante, porém leve por causa de Onno, que estava se aguentando muito bem. Era um belo dia de primavera e Martin, sentindo-se muito melhor do que ontem, estava cheio de felicidade na expectativa de rever seu pai em Appingedam. Sultão também demonstrou seu prazer pulando animadamente entre os oito homens.

"Você percebeu que hoje é domingo?", Boudewyn perguntou a Martin.

Surpreso, o menino olhou para o ferreiro. "Não, eu não percebi", respondeu ele, um pouco envergonhado. "Tanta coisa aconteceu nestes últimos dias".

Boudewyn assentiu: "Isso é verdade, mas tenho pensado nisso e preferia não ter viajado neste dia de descanso. Entretan-

---

24 Estrada da Floresta, ou estrada para (através de) a floresta; *weg* = caminho ou estrada.

to, tenho ouvido tantos rumores perturbadores que desejava chegar às tropas de Conde Lodewyk o mais rápido possível".

"Que rumores?", Martin perguntou surpreso.

"Aparentemente, o Conde de Aremberg reuniu um grande destacamento de soldados espanhóis e alemães na Frísia. Dizem ainda que ele já está a caminho de Groningen. A partir de Drenthe, um segundo exército, liderado pelo Conde Meghem, também está a caminho. É bem possível que uma batalha comece a qualquer momento e Conde Lodewyk precisa de cada homem que puder contar".

"Vamos dar uma surra nos espanhóis!", gabou-se Martin, satisfeito em saber que a batalha começaria em breve.

"Espero que sim", o ferreiro respondeu, "mas temo que seja um duro combate contra a Espanha, que é uma das nações mais poderosas do mundo".

"Mas estamos lutando por uma causa justa!", o rapaz exclamou ardentemente.

"É claro", o ferreiro respondeu, "Eu sei. E acredito que os protestantes lutarão bravamente. Mas, não estou tão certo sobre os mercenários. Tudo com o que se importam é salário e saque. É por isso que estou preocupado com a batalha e quero estar lá quando começar".

Boudewyn e Martin andavam um pouco afastados dos outros, para que a conversa não fosse ouvida. O menino estava bastante desapontado com os presságios sombrios de seu grande amigo, mas logo começou a pensar em outras coisas. Eles haviam deixado a floresta e passaram por Heiligerlee e Westerlee. Agora, eles estavam em seu caminho para Meeden. No início, ainda viam muitas casas queimadas, mas logo entraram em uma região onde os soldados de Groningen não haviam perturbado.

Embora o forte ferreiro não estivesse realmente cansado, anunciou um momento para descansar ali. Boudewyn sabia que o velho caçador, assim como Martin, precisava disso e, então, sentou-se ao lado da trilha para carroças.

Depois de descansarem cerca de quinze minutos, Onno subitamente levantou-se e, olhando para o oeste, disse: "Há uma cavalgada vindo para cá".

Boudewyn e os outros ficaram de pé para olhar. Com certeza, os olhos afiados de Onno tinham percebido corretamente. À distância, ao longo de Woldweg, um grupo de homens a cavalo foi avistado. Quem eram aqueles homens? Soldados de Groningen causando um novo tumulto? Se fosse o caso, então a coisa ficaria feia para eles. Seu pequeno grupo de oito não seria páreo para todos os cavaleiros que avançavam.

"É melhor nos escondermos por trás desses arbustos até sabermos a identidade da cavalgada", o ferreiro ordenou, dirigindo os seus homens para o matagal ao lado da estrada. Levou apenas alguns segundos para fazer isso sem deixar qualquer evidência de sua presença.

Boudewyn ficou à frente a fim de manter a vista os cavaleiros que se aproximavam. Como de costume, Martin estava bem atrás dele.

"Não acredito que sejam inimigos", ele anunciou rapidamente. Com atenção, ele vigiou, até que, de repente, levantou-se e gritou: "Eles são soldados do Conde Adolfo! Eu identifiquei suas bandeiras e a cruz borgonhesa". Animados, os outros se levantaram e correram para a estrada a fim de assistir a cavalgada aproximar-se.

"O Conde Adolfo não é irmão do Príncipe de Orange e do Conde Lodewyk?", perguntou Martin.

"Sim, o mais novo, um oficial muito valente e um comandante de cavalgada muito capaz. Eu acredito que tenha apenas 27 anos de idade. Porém, já tornou-se muito célebre na luta contra os turcos e, recentemente, uniu-se ao Conde Lodewyk com duzentos cavaleiros. No entanto, eu não entendo por que este grande grupo está vindo para cá. Isso significaria que...?".

"Há mais do que uma cavalgada", interrompeu Onno. "Eu posso ver pessoas a pé também". De fato, uma massa escura podia ser avistada na linha do horizonte. Embora não fosse claramente distinguível para os outros, eles sabiam que os olhos perspicazes de Onno não estariam enganados.

"Então, deve ser toda a tropa do Conde Lodewyk", Boudewyn murmurou. "Isso parece ser uma retirada".

Eles permaneceram sob o sol primaveril esperando a cavalgada aproximar-se. À frente, vieram os nobres vestindo suas longas vestes coloridas. Atrás deles, os couraceiros cavalgavam com suas armaduras brilhantes, e, finalmente, vinham os soldados, carregando lanças que brilhavam à luz do sol. As bandeiras tremulavam ao vento, e tudo isso criou um belo espetáculo.

O chefe da cavalgada estava muito perto agora, e Martin pôde observar o rosto de um nobre, montado num belo cavalo cinzento. Era um rosto bonito e Martin percebeu que ele virou-se para dar uma ordem ao arauto que o seguia. O arauto tomou de imediato a sua trombeta e, soprando-a, sinalizou aos homens. Imediatamente, toda a cavalgada parou.

O nobre, então, dirigiu seu cavalo até o pequeno grupo de Boudewyn. O ferreiro só teve tempo suficiente para sussurrar: "É o Conde Adolfo".

"Quem são vocês e para onde vão?", o jovem Conde perguntou.

Dando um passo à frente, o ferreiro fez uma reverência e depois respondeu: "Nós somos voluntários no exército dos Mendigos, meu senhor. Por ordem de seu irmão, fui responsável pela construção da trincheira ao redor do forte de Wedde. Agora, estamos em nosso caminho de volta às tropas de Conde Lodewyk".

Com a cabeça, Conde Adolfo fez um sinal de aprovação para o porta-voz. Então, perguntou sobre os acontecimentos em Winschoten. "Nós ouvimos alguns rumores sobre soldados de Groningen saqueando e queimando nessa área".

"Ah, é verdade, meu senhor!". Em poucas palavras Boudewyn relatou os eventos dos dois últimos dias.

Nesse meio tempo, Martin observava o rosto do Conde. Ele parecia simpático como raramente acontecia. Seu aspecto era de alguém amigável, mas, ao mesmo tempo, forte e corajoso. Enquanto o Conde escutava o ferreiro, suas expressões constantemente mudavam. Ele estava obviamente perturbado pelas ações vergonhosas dos incendiários.

Quando Boudewyn terminou de falar, o jovem Conde os observou por alguns momentos, inspecionando os rostos dos homens que estavam à sua frente. Então, ele perguntou: "Quem de vocês é o mais familiarizado com esta área?".

Todos olharam para Onno. "É você?", o Conde questionou, seguindo os olhares.

"Desde a minha juventude, eu percorro a área como caçador", respondeu Onno.

"Excelente! Diga isso a meu irmão. Seu melhor guia ficou doente e estávamos procurando outro quando nós...". Ele parou, mas depois continuou: "Mais tarde falamos sobre isso, devemos partir agora. Um dos meus soldados irá guiá-los até o Conde Lodewyk". Sinalizando a um de seus cavaleiros que viesse à frente, ele o instruiu sobre sua missão com poucas palavras.

Enquanto isso, os soldados a pé estavam chegando bem perto e, agora, o fronte podia ser facilmente identificado. Liderado pelo cavaleiro, o pequeno grupo de Boudewyn caminhou em direção ao exército que se aproximava. Boudewyn conversou com o cavaleiro enquanto seguiam e foi informado de um importante desenvolvimento. O exército do Conde de Aremberg tinha avançado por Groningen até Appingedam. Nos últimos dois dias, alguns combates aconteceram de forma que o exército profissional espanhol, melhor equipado em seu arsenal, manteve a vantagem. Além disso, chegaram notícias sobre uma segunda divisão sob o comando do Conde Meghem que rapidamente avançava desde a região de Drenthe.

A área onde Lodewyk estava posicionado com seu exército não era favorável, pois o Conde tinha dado ordem de recuar às suas tropas. O inimigo não sabia dessa retirada à meia-noite, o que deu ao exército dos Mendigos uma vantagem de várias horas.

"E o que vai acontecer agora?", perguntou Boudewyn. "Certamente, não vamos voltar para a Alemanha sem luta".

O couraceiro encolheu os ombros. "Não, se depender do Conde Lodewyk. Porém, muitos dos soldados não estão ansiosos por uma batalha contra os veteranos do Conde de Aremberg. Em todo o caso, o veredicto será logo conhecido".

Naquele instante, eles chegaram à frente do exército e Martin examinava de perto os rostos dos soldados que passavam. De repente, seus olhos brilharam de alegria. "Pai!", exclamou.

De fato, era o Sr. Meulenberg marchando entre um grupo de amigos. Agradavelmente surpreso, ele viu seu filho correndo até ele. "Martin, meu rapaz! É realmente você? Graças a Deus!". Comovido, ele agarrou seu filho em seus braços e, em seguida, calorosamente cumprimentou Boudewyn e Onno.

Todavia, o cavaleiro não tinha paciência. Ele recebera a ordem de levar Onno ao Conde Lodewyk, e Boudewyn queria se apresentar também. Eles rapidamente se despediram e continuaram seu caminho. Martin, porém, permaneceu com o pai, marchando pela mesma rota da qual tinha acabado de vir, mas isso não o incomodou nem um pouco.

14

A BATALHA IMINENTE

Estar reunido com seu pai dissipou todo o trauma dos últimos dias da mente do rapaz. Contudo, as coisas que seu pai contou a Martin não eram muito agradáveis. Ele falou sobre mercenários descontentes que, tendo recebido apenas parte de seus salários, conduziam-se com licenciosidade. O único que tinha alguma influência sobre eles era o Conde Lodewyk. Os discursos fervorosos que fizera causaram profunda impressão nos soldados.

Quando ficou claro que a cidade de Groningen não se renderia, Conde Lodewyk tentou avançar por Winsum para fazer uma pausa na Frísia. Porém, devido à indisposição desses soldados, o plano fracassou.

"Mas, e os voluntários?", perguntou Martin.

"É claro que eles estão se conduzindo melhor do que os mercenários, mas nunca experimentaram uma verdadeira batalha. Conde Lodewyk não gosta de recuar. Apesar de tudo, ele ainda prefere a luta. No entanto, acho que não vai demorar muito até que o Conde de Aremberg nos alcance".

Agora, eles estavam marchando por Westerlee e logo alcançaram Heiligerlee. Ali, os arautos anunciaram um longo período de descanso. Conde Adolfo e sua cavalaria chegaram mais cedo no convento desocupado. Os seus cavalos foram tratados, e o Conde, com seus oficiais, estava lá dentro comendo seu almoço. Espalhados, sentados na grama ou simplesmente no chão de Kloosterbos, os soldados também estavam comendo e descansando. Em suas mochilas, eles traziam pão e linguiças para o almoço.

Martin também sentiu fome e estava grato por seu pai ter o suficiente para compartilhar. Enquanto comiam, Martin subitamente percebeu Boudewyn caminhando por ali como se estivesse procurando alguém. Com um grito, ele chamou o ferreiro, que uniu-se a eles imediatamente. Boudewyn informou seus amigos de que Onno ainda estava com o Conde. O velho caçador tinha relatado a Conde Lodewyk tudo sobre a disposição da área e as batalhas travadas ali em dias passados. Em seguida, o Conde convocou alguns de seus comandantes, e, juntos, partiram para aferir a região.

"Isso significa que permaneceremos aqui?", perguntou o Sr. Meulenberg, esperançoso.

"É uma possibilidade", respondeu o ferreiro. Quando Martin ouviu isso, o entusiasmo tomou seu coração. A ideia de envolver-se em uma batalha real o agradava. Ele não estava com muito medo, embora percebesse que o perigo ameaçava.

Quando terminou seu almoço, deitou-se na grama para descansar um pouco. Era o meio da tarde. Um estranho domingo, e o jovem sentiu que mais coisas incomuns aproximavam-se. Uma sombra cobriu seu rosto e, quando olhou para cima, Sultão estava ao seu lado abanando o rabo.

Com um salto, Martin levantou-se rapidamente. Se Sultão estava aqui, Onno seguramente estaria próximo também. De fato, o velho caçador chegava até eles com um sorriso satisfeito no rosto. Carregava uma pequena lança na mão, que prontamente entregou a Martin.

"Consegui isso para você nos suprimentos do exército; talvez você precise dela em breve".

Sr. Meulenberg e Boudewyn ficaram felizes em ver Onno. Eles tentaram obter algumas informações do caçador, mas ele ou não podia ou não iria dizer muito. Ele lhes contou que tinha ido com o Conde e seus comandantes explorar a área. E não, ele não tinha certeza de que a batalha aconteceria ali.

Com sua lança, Martin sentiu-se como um verdadeiro soldado e decidiu dar um pequeno passeio. Desfilando como um pavão com suas penas, ele caminhou entre os homens que descansavam até chegar aos limites da floresta, de onde conseguia ver a estrada Woldweg levando a Westerlee.

Com as mãos, ele protegia seus olhos do sol, enquanto observava a estrada para ver se algum perigo surgia. Ele notou um cavaleiro que se aproximava em grande velocidade. Era um soldado? Não, ele estava usando trajes de agricultor. Talvez fosse um mensageiro! Curioso e um pouco ansioso, Martin foi ao encontro do cavaleiro que avançava com seu cavalo. Ao aproximar-se de Martin, o agricultor desacelerou e gritou: "Você sabe onde o Conde Lodewyk está?".

"Sim, no convento!", Martin gritou de volta. Imediatamente, o agricultor galopou com um curioso Martin em seu encalço.

Na fronteira da floresta, o agricultor saltou de seu cavalo e o amarrou em uma árvore. Com ansiedade estampada no rosto, o homem não percebeu o rapaz que o seguia.

Na entrada do convento, a sentinela recusou-se a deixar o agricultor entrar. Em vão, ele suplicava que fosse autorizado a ver o Conde.

"O Conde está almoçando e não pode receber ninguém agora", disse desdenhosamente o soldado ao agricultor.

"Mas, eu tenho uma mensagem urgente!", exclamou o fazendeiro.

"Você não vai entrar", foi a ríspida resposta.

"Que mensagem urgente você tem para me relatar?", perguntou de repente uma voz por trás do soldado. Conde Lodewyk, que tinha terminado seu almoço, apareceu na entrada com alguns dos seus oficiais.

"Sua Alteza... Eu... Eu", o agricultor gaguejou surpreso.

"Fale claramente se sua mensagem é urgente", disse o conde. "Mas, antes, diga-me o seu nome".

"Sou Sipko Doedens de Westerlee e venho informar Vossa Alteza que o inimigo está próximo. Dentro de uma hora, o exército do Conde de Aremberg estará aqui!".

Conde Lodewyk permaneceu calmo e Martin, ouvindo atentamente, até notou um leve sorriso no rosto do Conde. Com calma, Lodewyk pediu mais alguns detalhes, então virou-se para seus oficiais.

"Vocês ouviram as notícias, meus senhores. A hora da batalha chegou". Eles concordaram. Conde Adolfo, jovem e impetuoso, mostrou claramente sua satisfação.

Com a alegria consumindo todo o seu ser, Martin correu até seu pai e seus amigos para contar o que acabara de ouvir. Porém, antes que pudesse terminar sua história, as trombetas soaram para reunir os soldados no ponto de encontro do lado de fora da floresta.

Apenas uns poucos minutos depois, as tropas estavam em ordem. A notícia de que os veteranos do Conde de Aremberg estavam chegando espalhou-se como um incêndio. Os voluntários do exército dos Mendigos estavam sérios, porém determinados a lutar até o fim e dar o seu melhor. Porém, alguns dos mercenários estavam resmungando de descontentamento porque ainda não tinham recebido seus salários.

Conde Lodewyk colocou-se à frente de suas tropas. Seus olhos penetrantes inspecionavam os soldados. Fez-se um silêncio profundo.

"Todos vocês, homens", ele falou com uma voz segura. "Vocês sabem que o inimigo se aproxima. Ele é poderoso, mas serve a uma causa perversa: a tirania! Vamos esperá-lo aqui, em uma posição favorável. Se lutarem corajosamente contra ele, vamos, com a ajuda de Deus, alcançar a vitória.

Vocês combinaram o seu destino com o meu – para a vida ou para a morte. Demonstrem, homens, fidelidade à sua palavra. Quanto a mim, manterei minha palavra, e os pagarei o mais rápido possível.

Meu irmão, o Príncipe de Orange, está reunindo um exército com o qual espera entrar pelo Sul da Holanda. No entanto, vamos lutar aqui no Norte, pela causa da religião e da liberdade. Estou disposto a dar a minha vida, caso seja necessário. O que vocês farão: lutar como soldados ou fugir como covardes?".

"Lutar! Lutar!", o grito veio de todos os lados. "Fidelidade ao Conde Lodewyk! Reaver nossa liberdade ou morrer!".

Era óbvio que o discurso do Conde havia acalmado os resmungos dos soldados. Agora, em obediência aos oficiais, cada um tomou o seu lugar designado. Com base na informação de Onno, Conde Lodewyk configurou a ordem de suas tropas na área. Ele posicionou seus soldados de tal maneira que o Lodebos estava atrás deles. Com cerca de uma centena de cavaleiros, Conde Adolfo bloquearia a estrada. Ele recebeu ordens de atacar os espanhóis em uma pequena escaramuça. A seguir, ele viraria seu cavalo como se estivesse em fuga. Com essa estratégia,

Lodewyk esperava surpreender o inimigo atacando pelo outro lado antes que os espanhóis percebessem os perigos da área.

Dois mil soldados armados com lanças estavam organizados em um quadrado sólido do lado direito da estrada. Eles estavam sob o comando de Hendrik van Siegen e ficaram claramente à vista. No entanto, os soldados inimigos não poderiam ver que o campo entre a estrada e o exército era um pântano cheio de buracos de turfa. As valas estavam cheias de água e cobertas por plantas verdes.

O próprio Conde Lodewyk tomou mil lanceiros e escondeu-se atrás de uma colina no terreno. No topo da colina, estavam quatrocentos mosqueteiros. Quando os espanhóis atacassem a divisão de Hendrik van Siegen, seriam atacados de surpresa do seu lado direito por soldados do Conde Lodewyk e à esquerda por quinhentos mosqueteiros valões sob o comando de Gerrit van der Knijp, os quais estavam escondidos em uma profunda vala seca.

A armadilha estava bem montada. Será que conseguiriam? Era a única oportunidade que tinham. Em uma luta comum, seu pequeno e mal armado bando de soldados certamente cairia diante do grande, bem treinado e completamente munido inimigo espanhol.

Martin, seu pai, Boudewyn e Onno tinham uma posição designada na divisão do Conde. Estavam todos ansiosos para começar a luta.

Alguns dos soldados contratados não eram tão corajosos, e alguns dos frísios do leste e dos oldemburguenses começaram a queixar-se e até mesmo tentaram fugir pela floresta. Agora, porém, Conde Lodewyk estava ocupado demais para preocupar-se com eles.

15

HEILIGERLEE

Pela estreita Woldweg, as tropas do Conde de Aremberg aproximavam-se. Além do comportamento precipitado, os soldados estavam cansados da longa marcha. Foi uma grande mudança logo cedo, quando descobriu-se o recuo de seu odiado inimigo. Eles explodiram em furiosa raiva. Aremberg estava furioso também. Se ao menos ele tivesse destroçado esses Mendigos miseráveis ontem. Era tudo culpa de Alba, o Duque de Ferro. Recentemente, Aremberg tinha recebido de Alba uma declaração para não subestimar o inimigo e aguardar o Conde Meghem. Então, juntos, eles poderiam atacar o exército de Conde Lodewyk. Bem, Aremberg obedeceu às ordens e perdeu uma boa oportunidade de acabar com os detestáveis Mendigos. Imediatamente depois de descobrir a retirada de Lodewyk, ele ordenou uma perseguição. No entanto, os Mendigos tinham uma vantagem de várias horas, talvez chegassem à fronteira com a Alemanha e escapassem antes que ele pudesse alcançá-los.

Além disso, Aremberg tinha enviado um mensageiro para Conde Meghem redirecionar suas tropas de Appingedam para a área de Winschoten. No final da tarde, a resposta havia chegado. Meghem estava perto de Zuidlaren com suas tropas, descansando um pouco. De lá, iriam continuar sua caminhada e esperavam unir-se às tropas de Aremberg por volta das dez horas da noite.

Eram quase dezessete horas daquele domingo ensolarado. Aremberg cavalgava à frente de suas tropas ao longo de Woldweg. Ágeis espiões a cavalo trouxeram a mensagem de que o exército dos Mendigos estava posicionado em Heiligerlee, aguardando seu inimigo.

Eles comemoraram quando a mensagem foi anunciada. Embora os soldados espanhóis estivessem cansados, não contiveram o clima de vitória. "Vamos dispersar esses rebeldes com um chute de nossas botas", gabavam-se. Os soldados que formavam as principais tropas estavam resmungando descontentes por terem que dividir o espólio com os mercenários alemães que marchavam logo atrás. Eles levavam correntes e algemas para prender os Mendigos, e laços para enforcá-los!

Aremberg não era tão presunçoso quanto seus soldados. No entanto, ele também estava certo da vitória. Sua gota lhe incomodara profundamente durante as últimas semanas, a ponto de ele precisar ser levado em seu carro fechado. Hoje, entretanto, ele se sentia muito bem e estava de volta no seu cavalo, como um verdadeiro soldado deveria estar.

À sua direita, Braccamonte cavalgava como comandante dos soldados espanhóis e, à sua esquerda, ia Van Groesbeek. Entre os cavaleiros, cavalgavam alguns oficiais da equipe, trompetistas e mensageiros. O abade do mosteiro de Wittewierum, onde Aremberg tinha se hospedado na noite anterior, estava nesta companhia também.

Atrás desse grupo seleto, seguiam seis canhões puxados por cavalos fortes, doados a ele pelo município de Groningen. Os canhões foram uma excelente adição ao seu exército, pois a oposição não tinha nenhuma artilharia.

Após os canhões, vinham os soldados: primeiro os espanhóis e sardenhos, em seguida os alemães e, finalmente, os equipamentos.

Enquanto cavalga ao lado de Braccamonte, o Conde de Aremberg discutia sua estratégia. "Devemos manter o inimigo à distância com pequenos conflitos até que o Conde Meghem junte-se a nós com suas tropas. Ele deve chegar à noite e, assim, podemos destruir juntos esses rebeldes".

O oficial espanhol deu de ombros e respondeu: "Por que tanta precaução com esses detestáveis Mendigos que estão fugindo de nós o dia todo? Se nos atrasarmos até que a escuridão se instale, daremos a eles uma oportunidade de escapar pela fronteira com a Alemanha!".

"Você sabe das ordens do Duque de Alba", Aremberg respondeu. "Não podemos atacar até que Meghem se junte a nós".

Braccamonte resmungou incoerentemente e puxou o bigode. Ele não achava que o Duque estivesse certo e Aremberg concordava com ele em seu íntimo.

Um pouco à frente dos cavaleiros, era possível avistar árvores altas.

"O que é aquilo?", Aremberg perguntou a um guia que vinha atrás.

"A floresta pertencente ao convento, senhor".

"O caminho parece ir direto para lá. Precisamos passar diretamente pela floresta?".

"Não, senhor. A Woldweg vira à direita e corre junto aos limites da floresta". Um cocheiro aproximou-se e informou que os Mendigos estavam posicionados cerca de um quilômetro à frente, e que alguma cavalaria estava estacionada mais perto, na estrada.

"Será que esses vilões acreditam que podem criar uma barreira contra a gente?", perguntou severamente Braccamonte. "Vamos fazer eles provarem de seu próprio remédio!".

"Muito bem", respondeu Aremberg. "Mas, lembre-se: apenas escaramuças", alertou. "Em poucas horas, Meghem deve estar aqui. Até então, precisamos mantê-los ocupados. Esse é o dever do seu regimento. Use suas próprias medidas".

Momentos depois, um sinal de trombeta soou. Os soldados, que marchavam, detiveram-se. Braccamonte falou a seus soldados em espanhol, sua língua nativa. Ele lhes disse que quase tinham apanhado esses rebeldes hereges que planejavam uma tentativa desesperada de derrotar os soldados mais valentes do mundo. "Homens da Espanha, mostrem seu valor. Não permitam que nenhum homem dessa escória miserável escape! Lembrem-se: não fazemos prisioneiros. Cada rebelde que se entregar deve ser enforcado imediatamente. Ouçam com atenção às ordens de seus oficiais. Agora, avante. Lutem por seu gracioso rei e pela santa igreja. Morte aos Mendigos!".

"Morte aos mendigos!", os soldados responderam em coro, enquanto tiniam as correntes e balançavam os laços e cordas numa selvagem exibição de uma vitória presumida. Era óbvio que eles estavam ansiosos para lutar.

Satisfeito, Braccamonte enrolou seu bigode, mas Aremberg considerava ansiosamente se seria possível conter esses veteranos até que Conde Meghem chegasse.

As tropas foram ligeiramente modificadas. Os canhões seguiam logo atrás do regimento de Braccamonte, o qual foi colocado na frente. Aremberg ficou com a artilharia, na qual ele tinha muita confiança.

Eles avançaram novamente, até alcançar a extremidade sudoeste de Vossenheuvel, no início de Kloosterbos. Aqui, a Woldweg virou para o leste e o ritmo dos soldados diminuiu. Aremberg não pretendia cair em uma armadilha. Ele enviou alguns olheiros para vasculhar a floresta no lado esquerdo da estrada. Tudo parecia seguro. Do lado direito, apenas alguma vegetação rasteira obstruía a vista, mas aquilo não era suficiente para esconder qualquer inimigo.

Com dois de seus oficiais, Braccamonte cavalgava à frente de seu regimento. Ele continuava descontente com as instruções que recebera. Como se seus bravos espanhóis e sardenhos não pudessem vencer por conta própria!

Pela posição do sol, ele julgou que seriam seis da tarde. Estaria quase escuro quando Meghem chegasse com seu exército, dando àqueles rebeldes miseráveis outra chance de escapar! Só esse pensamento já lhe fez ranger os dentes.

Atrás de si, ele podia ouvir seus soldados discutindo suas opiniões. Eles também queriam atacar aqueles rebeldes o mais rápido possível.

Kloosterbos terminava onde a estrada virava para a esquerda. A trilha para carroças continuava agora por um campo aberto, com colinas baixas à esquerda e um verdejante prado plano e baixo pela direita.

Braccamonte e seus soldados viram o inimigo no mesmo instante. À direita, cerca de duzentos metros à frente, no ponto onde o Lodebos começava, uma esquadra de soldados estava posicionada para a batalha, armada com lanças que brilhavam sob o sol poente. A própria estrada Woldweg era a barricada de uma grande cavalaria.

O inevitável aconteceu. Ouviu-se um toque de trombeta, e, sobre as colinas, a primeira linha de cavaleiros avançou como um grande círculo na direção dos espanhóis. À distância de um tiro, eles pararam, sacaram suas armas, apontaram e dispararam. Em seguida moveram-se, abrindo espaço para a próxima linha de fogo. Apenas um cavaleiro permaneceu na posição, dando ordens a cada nova fileira. Era um jovem nobre em um enérgico cavalo cinzento.

"Atacar!", Braccamonte rugiu para seus soldados perplexos, que foram surpreendidos pela visão das tropas atiradoras do Conde Lodewyk.

A última das fileiras veio à frente, tomou sua vez no turno de disparo e toda a cavalgada correu de volta, como se em fuga. Esta tinha sido a ordem do Conde Lodewyk. Apenas o jovem nobre, Conde Adolfo, que comandava a cavalaria, não fugiu. Um de seus homens permaneceu bem perto do cavalo do Conde. Com o disparo da arma de fogo, o animal assustou-se com a explosão. Empinando descontroladamente, ele jogou seu dono no chão.

O Conde queria levantar-se rápido e fugir, mas era tarde demais. O primeiro dos espanhóis já estava em cima dele enfiando uma lança em sua lateral. Inclinando-se e com o braço esquerdo no chão, o Conde puxou sua espada, tentando defender-se contra as forças hostis[25].

A batalha prosseguia. Os espanhóis não tinham conseguido alcançar a cavalaria. Porém, estimulados pelo desejo de lutar, eles continuaram avançando e, quando a grande esquadra de dois mil soldados surgiu, berraram um grito de vitória. Assumindo que este grupo seria a maior divisão dos rebeldes, pensaram que sua vitória era certa.

Agora os soldados mais valentes do mundo, os invencíveis veteranos do rei Filipe, mostrariam do que eram capazes. Certamente eles haviam marchado uma grande distância naquele dia, mas isso não os impediria. A primeira das fileiras de soldados correu euforicamente sobre os verdes prados na direção do outro grupo. Os outros lhes seguiram, e os oficiais permitiram que o entusiasmo os levasse a dar o sinal de atacar.

Perto da artilharia, Aremberg, montado em seu cavalo, estava momentaneamente desnorteado. A batalha havia começado de um jeito ou de outro.

De uma colina à esquerda dos espanhóis, subitamente ouviu-se disparos. Com certeza, havia atiradores de elite em uma trincheira, pois muitas das balas atingiram o alvo.

Imediatamente, o Conde de Aremberg recuperou os sentidos. Ao seu comando, os canhões cuspiram seus projéteis na direção da colina. Na mente de Aremberg, não havia qualquer dúvida quanto a uma vitória nesta batalha. O tiroteio já tinha

---

25 Não é certeza que o Conde Adolfo tenha morrido desta forma. Alguns historiadores acreditam que o Conde de Aremberg e o Conde Adolfo tenham enfrentado um ao outro no campo de batalha. De acordo com Motley, "Aremberg, depois de receber – e não fazer caso de – um tiro de pistola de seu adversário, matou Adolfo aos seus pés, com uma bala que lhe perfurou o corpo e um corte de sabre na cabeça". JL Motley, *The Rise of the Dutch Republic* [A Ascenção da República Holandesa], vol. 2, p. 238.

cessado. Não havia mais possibilidade de deter os espanhóis. Com uma poderosa ofensiva, eles atacaram os Mendigos.

* * *

Pouco antes da batalha, Onno tinha obtido permissão para juntar-se aos atiradores na colina ao sul, atrás da qual Conde Lodewyk escondera os outros mil lanceiros. Como um atirador de primeira classe, Onno poderia realizar um bom trabalho ali.

Armado apenas com uma lança, Martin estava muito curioso para ver a batalha. Quando ouviu os cavalos correndo, o disparo das armas de fogo e o grito de guerra dos espanhóis, ele não conseguiu mais conter-se. Lentamente, rastejou até a colina, mantendo-se bem abaixado, até chegar a alguns arbustos onde poderia se esconder e ainda ter uma boa visão do combate. Ninguém notou Martin, já que todos faziam seus próprios preparativos para a batalha. Com o coração batendo, o menino viu os cavaleiros do Conde Adolfo fugirem. Isso o assustou.

Agora, a fim de atacar a grande esquadra de soldados sob o comando de Hendrik van Siegen, os espanhóis atravessavam o campo pelo lado direito da estrada. Lembrando da condição pantanosa da área, com seus profundos e perigosos buracos e poços, Martin primeiro ficou branco e, depois, vermelho. De repente, os mosqueteiros atrás dele dispararam novamente. Martin observou quantos tiros foram certeiros. No entanto, os canhões também recomeçaram a atirar. Grandes bolas atingiam o morro e uma caiu muito perto de Martin. Rapidamente, ele abaixou-se e buscou proteção. Os mosqueteiros fizeram o mesmo.

Depois de alguns minutos, Martin notou que as bolas de canhão tinham parado de vir. Os canhões explodiam de vez em quando, mas, aparentemente, em outra direção. Ele rastejou até sua antiga posição, querendo saber o que estava acontecendo.

Diversos grupos de espanhóis atravessavam correndo a planície. A grande esquadra de soldados recuou como se planejasse escapar pelas árvores de Lodebos.

De repente, ouviu-se uma trombeta do acampamento dos Mendigos respondida por três, quatro e mais toques. De todos os lados trombetas soaram, alterando imediatamente toda a cena de batalha.

Da profunda vala à esquerda da ofensiva espanhol, os quinhentos mosqueteiros valões sob comando de Gerrit van de Knijp dispararam à aproximação do inimigo. Ao mesmo tempo, os mosqueteiros à direita, que estavam próximos de Martin, começaram a atirar novamente. A cavalaria, que aparentemente estava fugindo por Woldweg, havia parado perto de Lodebos e agora reiniciava seu ataque. Eles contaram com o reforço dos duzentos cavaleiros que se escondiam na floresta atrás deles. Galopando em um amplo círculo em direção à colina ao noroeste, eles atacaram o inimigo por trás da artilharia. Depois de silenciar os canhões, passaram a atacar as últimas fileiras sardenhas que marchavam.

Enquanto isso, as tropas espanholas, que marchavam sobre a área pantanosa, perceberam que tinham caído em uma armadilha. Eles estavam sendo atacados pela esquerda e pela direita. Enquanto tentavam correr a distância que faltava até os Mendigos, muitos deles caíram nos traiçoeiros buracos cheios de água e cobertos com plantas verdes.

Os Mendigos, que fingiam fugir, agora voltavam para atacar os espanhóis. Eles tinham averiguado a área há apenas alguns minutos e sabiam onde era seguro andar. Uma terrível batalha se desenrolava. Aqueles que tinham caído nas covas foram rapidamente eliminados. Para os soldados espanhóis restantes, que não estavam acostumados a lutar em terreno tão traiçoeiro, foi um combate difícil. Além disso, eles começavam a sentir os resultados da caminhada de 40 quilômetros durante o dia.

Por alguns minutos, Martin assistiu sem fôlego. Tudo aconteceu tão rapidamente que ele estava um pouco atordoado. Ele ouviu os soldados espanhóis clamarem "Misericórdia", mas os Mendigos continuavam a matá-los.

De repente, Martin percebeu que estava negligenciando seu próprio dever. Olhando para trás, viu os mil lanceiros de Conde Lodewyk seguirem suas ordens de atacar os espanhóis por trás. A estratégia era mover-se em torno da colina em direção ao sudoeste. Felizmente, ele sabia para que lado os homens tinham que ir. Rapidamente, ele correu de sua posição para a base da colina. Depois de correr cerca de 45 metros, viu o grupo de retaguarda correndo ao redor da fábrica de tijolos.

Apesar de Martin ter pernas jovens e fortes, foi preciso um grande esforço para alcançar seus companheiros de luta. Ele estava sem fôlego quando os alcançou. O rapaz não conseguia ver seu pai ou Boudewyn em parte alguma, o que era esperado em um grupo tão grande. Martin viu Conde Lodewyk na liderança. Do alto de seu cavalo, havia um estandarte atrás dele, levando uma bandeira com um lema em latim que significava: "Agora ou Nunca".

Rapidamente, eles avançaram. Em seguida, o Conde de Nassau virou à direita. Agora, ele estava cursando por uma trilha segura, com seus soldados logo atrás. Eles se aproximaram da Woldweg, mas, por causa das árvores e arbustos ao lado da estrada, ainda estavam fora do campo de visão das tropas de Aremberg.

Conde Lodewyk fez uma pausa para permitir que suas tropas assumissem um posicionamento favorável. Em seguida, picando seu cavalo, ele gritou uma ordem: "Sigam-me!".

Com um furioso grito de guerra, os soldados passaram pelos arbustos e arremeteram contra a retaguarda dos espanhóis, que tentavam salvar seus companheiros do afogamento. Os Mendigos atacaram com amarga vingança. Os espanhóis e sardenhos, agora totalmente cercados, entraram em pânico e tentaram fugir por todas as direções. Algumas das tropas alemãs, que não foram cercadas pelo exército de Lodewyk, tentaram vir em seu auxílio, atacando pelo lado de fora. Mas, como não obtiveram sucesso, todos fugiram.

Em vão, o Conde de Aremberg tentava evitar a calamidade que tão repentina e inesperadamente desceu sobre suas tropas. Quando os primeiros soldados começaram a fugir, ele tentou, com alguns oficiais, deter o estado de pânico. Mas foi inútil. Suas ordens se perderam entre o barulho dos gritos de guerra. Frustrado, ele puxou sua pistola para atirar contra os desertores. Isso apenas lhes convenceu a fugir ainda mais rápido. Picando seu cavalo, Aremberg tentou alcançar uma outra unidade do seu exército, que tentava chegar a Kloosterbos. Ele conseguiu reunir um pequeno grupo de soldados fiéis ao seu redor, mas os Mendigos, certos da vitória, mobilizaram-se por todos os lados, dispersando os espanhóis em todas as direções.

Esmagado, Aremberg vagava pelo campo de batalha, sem perceber que ele e seu cavalo estavam feridos. Ele estava completamente assombrado porque o imponderável aconteceu: o invencível exército espanhol foi derrotado pelos miseráveis Mendigos do rebelde Conde Lodewyk!

Quatro oficiais espanhóis fiéis continuaram ao seu lado. Seu mensageiro alemão agora insistia que ele fugisse: "Senhor, deveríamos tentar chegar ao convento; é nossa última chance. O inimigo nos cercou totalmente".

Aremberg despertou como de um sonho e percebeu que seu mensageiro tinha razão. Os seis cavaleiros rapidamente rumaram para o norte, mas já era tarde demais. Na fronteira da floresta, havia Mendigos a cavalo. Seria impossível passar. Os espanhóis retornaram, tentando fugir em direção ao nordeste. Alguns dos Mendigos, percebendo que ali estavam alguns oficiais de alta patente, os perseguiram imediatamente. Aremberg tentou fazer seu cavalo saltar sobre uma cerca no prado, mas o animal cansado e ferido chocou-se contra ela e, em vez disso, caiu.

Enquanto Aremberg tentava levantar-se, uma bala o atingiu e, de todos os lados, o adversário avançou sobre ele. "Não me matem, eu sou o Conde de Aremberg. Vou pagar-lhes uma grande soma de dinheiro", ele gritou. Não adiantou. O Mendigo Maartens o matou e seus quatro oficiais também foram mortos. Somente o mensageiro alemão foi autorizado a fugir.

16

A GRANDE PERDA DE MARTIN

Nesse meio tempo, alguns dos soldados de Conde Lodewyk continuaram perseguindo os alemães. Martin estava entre eles, com sua lança à mão; eles corriam na direção de Westerlee. De repente, uma voz chamou: "Martin, dê-me uma mão!".

Surpreso, ele parou, procurando em todas as direções. Um pouco à sua esquerda, viu Boudewyn vigiando seis soldados que estavam com as mãos para o alto. "É melhor você me ajudar", disse o ferreiro. "Estes homens estão cansados de lutar, mas vamos nos assegurar de que não mudem de ideia". Enquanto entregava a Martin uma arma de fogo, um espólio dos espanhóis, ele acrescentou: "Aqui. Pegue essa arma e atire em qualquer um que tente escapar".

Boudewyn carregava uma arma semelhante ao lado de seu porrete. Martin só tinha usado uma arma duas vezes e sentiu muito orgulho por ajudar seu grande amigo nesta importante tarefa.

Alegremente, ele caminhava ao lado de Boudewyn, mantendo o olho nos prisioneiros. À distância, era possível ouvir os sons da batalha, e, aqui e ali, via-se um inimigo fugindo. Obviamente os Mendigos estavam alcançando uma grande vitória.

Boudewyn contou a Martin que inicialmente tinha lutado ao lado do Sr. Meulenberg. Porém, quando os alemães dispersos começaram a fugir, ele o perdeu de vista. O ferreiro estava certo de que o Sr. Meulenberg logo apareceria são e salvo.

Eles passaram por Kloosterbos e caminharam em direção ao campo aberto onde Conde Adolfo tinha iniciado a batalha. Muitos prisioneiros já tinham sido agrupados, e sua maioria era de alemães. Os Mendigos tinham tomado medidas imediatas em relação aos detestáveis espanhóis. Quem não conseguiu escapar foi abatido ou enforcado com as cordas com que os espanhóis queriam enforcar os Mendigos. Martin os viu pendurados nas árvores da floresta e nas forcas que existiam na fronteira de Kloosterbos e Winschoten.

Boudewyn logo encontrou alguns conhecidos, de quem ouviu as últimas notícias. Todo mundo ficou imensamente feliz com a conquista, e aqueles que temiam a Deus proferiram uma oração de gratidão pela liberdade.

* * *

A notícia da morte do Conde Adolfo foi um choque profundo para os Mendigos, e Conde Lodewyk a lamentou amargamente. No entanto, ele encarou essa grande perda como um verdadeiro cristão.

O Conde de Aremberg tinha morrido também. O Mendigo Maartens esperava uma boa recompensa por matar o tenente-governador. Mas, na realidade, Conde Lodewyk tinha dito que ficaria feliz em pagar dez mil *daalders*[26] se pudesse capturar Aremberg com vida.

---

26 A palavra *daalder* originalmente significava "dólar". Hoje, na Holanda, um *daalder* equivale a 1,5 florins holandeses e um *Rijksdaalder* a 2,5 florins holandeses. Dez mil *daalders* em 1568 provavelmente valeriam mais de cem mil dólares em 1994.

Havia cerca de mil e setecentas vítimas entre os espanhóis, enquanto o exército de Conde Lodewyk teve uma baixa de quarenta homens e duzentos feridos. O espólio foi grande: seis canhões, quatrocentas carroças cheias de pólvora, balas, alimentos e dinheiro. Conde Lodewyk poderia pagar o salário de seus soldados e ainda sobejava bastante.

A batalha e a perseguição dos soldados fugitivos havia durado cerca de duas horas. Martin estava preocupado com seu pai e com Onno, que ninguém tinha visto também. Boudewyn tentou acalmar os pensamentos do rapaz, lembrando-lhe da dificuldade de encontrar alguém na confusão que vigorava entre tantos soldados e prisioneiros. Ainda assim, o ferreiro também demonstrou alívio quando o Sr. Meulenberg finalmente chegou com o último grupo de cativos. Ele estava muito cansado, mas saiu ileso da batalha. No total, cerca de quatrocentos prisioneiros de guerra alemães tinham sido capturados. Naquela mesma noite, eles foram libertados pelo Conde Lodewyk ao prometerem sob juramento não entrarem na batalha ao lado do exército inimigo. Cheios de elogios para o ato nobre do Conde , eles partiram.

Sr. Meulenberg, Boudewyn e Martin atravessaram o campo cheio de soldados. Mais de uma vez, eles perguntaram sobre Onno, mas ninguém conhecia o velho caçador, e todos eles estavam muito ocupados com seus próprios afazeres.

De repente, algo colidiu contra Martin. Era Sultão, o cão do caçador. Aparentemente, o animal esteve procurando o menino e mostrou evidente alegria ao encontrá-lo. Ansiosamente, ele puxou Martin pela jaqueta pois queria levá-lo a algum lugar.

"Tudo bem, Sultão, iremos com você", disse Martin. Com o pai e Boudewyn, ele seguiu o cão. Atravessaram a estrada pela terra pantanosa cheia de buracos e poços profundos. Aqui também havia muitas vítimas, embora os feridos já tivessem sido levados ao convento. Os mortos seriam enterrados no dia seguinte. Martin ficou nauseado vendo tanto sangue. Só então ele percebeu o horror da guerra. No entanto, a maior agonia no momento era a possibilidade de Onno estar entre aqueles que sucumbiram. Evitando os buracos com cuidado, eles seguiram o cão, que os liderou sem nenhuma hesitação.

Eles passaram pela colina onde os mil lanceiros de Lodewyk estavam. Todavia, eles seguiram na direção do sudoeste, ao longo de uma trilha pelo pântano, marcada com pegadas de soldados em fuga. Sem dúvida, os espanhóis que tinham encontrado este caminho fugiram pela floresta.

De repente, o Sr. Meulenberg parou e apontou para algo visível sob a luz do crepúsculo, cerca de vinte metros à sua frente. Rapidamente, eles correram naquela direção. Ali estava Onno entre cinco soldados espanhóis. Todos estavam mortos. Martin começou a chorar quando encontrou o idoso, a quem devia tanto, naquelas condições. Sultão também irrompeu em um uivo de lamento.

Boudewyn ajoelhou-se ao lado do caçador, examinando seu corpo encontrou vários ferimentos. A arma do caçador estava ao lado de seu corpo, a mão enrijecida ainda segurava seu machado ensanguentado. Provavelmente, ele havia impedido os espanhóis de entrar na floresta. Aqui, no caminho pelos pântanos, eles foram impedidos de fugir. Era evidente que ocorrera uma luta ferrenha. Com certeza, as balas do caçador e, depois, os golpes de seu machado tinham derrubado os espanhóis. No entanto, Onno pagou esse preço com a vida. A opinião de Boudewyn era de que o caçador teria morrido pela perda de sangue.

Todos ficaram profundamente comovidos e Martin chorou amargamente, culpando-se por deixar o velho lutar sozinho.

O fato de ter sido colocado em outra unidade não lhe confortou. Ele deixara o seu velho e querido amigo lutar sozinho em sua última batalha e teve dificuldade em perdoar-se por essa negligência.

Eles acharam algum consolo na paz que o rosto do caçador transmitia. Era quase como se ele estivesse sorrindo. Será que os últimos pensamentos de Onno foram sobre seu encontro com o Senhor Jesus?

Boudewyn saiu com pressa e voltou com várias pás que pegara na carroça de suprimentos. Sob a luz da lua, um túmulo foi cavado nos limites da floresta. Ali, o corpo de Onno foi depositado para repousar. Amanhã, uma vala comum seria escavada para todos os mortos, mas o velho caçador iria jazer neste local, isolado, perto da floresta que tanto amou.

Em silencioso pesar, eles retornaram para o convento. Sultão caminhou ao lado de Martin, que, a partir de agora, seria o seu dono.

17

A CIDADE DE GRONINGEN

Era uma manhã clara e ensolarada, cerca de um mês depois da batalha de Heiligerlee. Na cidade de Groningen, o sol fazia o pináculo da Torre Martini brilhar, o que nitidamente delineava os muros altos e os poderosos portões da cidade contra o céu de verão. Um acampamento foi montado perto de Noorddijk, nordeste da cidade. Ao lado de uma das maiores barracas, uma bandeira, atada a um mastro e adornada com as cores do Conde de Nassau, balançava sob a brisa. O exército dos Mendigos tinha construído trincheiras no convento em Selwerd, Noorderhogebrug[27], Noorddijk, Oosterhogebrug[28] e em Euvelgunne.

Conde Lodewyk queria fechar todas as entradas da cidade de Groningen, forçando a cidade a render-se. Porém, o poderoso baluarte resistiu obstinadamente. Talvez tivesse sido diferente se a população pudesse decidir, no entanto, as pessoas não teriam uma palavra neste assunto. Os cidadãos reformados, em especial, mal tinham certeza de sua própria segurança. Um sapateiro, o Sr. Jacobs, zombou dos espanhóis após a batalha vitoriosa em Heiligerlee. Quando isso chegou aos ouvidos do tenente-governador, ele prontamente o enforcou no Vismarkt para aterrorizar o resto da população.

---

27 Ponte Alta do Norte
28 Ponte Alta do Leste

De Mepsche não tinha medo dos cidadãos reformados, nem de Conde Lodewyk e seu exército de Mendigos. A cidade de Groningen era forte, e as tropas de Conde Meghem – além daquelas que restaram do Conde de Aremberg – conseguiriam mantê-la a salvo para o Rei Espanhol.

Naquele domingo de maio, quando o exército de Aremberg foi derrotado e o próprio Aremberg tinha sido morto na batalha, Meghem estava simplesmente arrasado. Em Zuidbroek, ele encontrou os primeiros soldados fugitivos, que lhe contaram o que tinha acontecido. Meghem mal podia acreditar que o grande exército de Aremberg fora derrotado e prosseguiu em sua jornada. Um pouco mais tarde, encontrou alguns capitães alemães, acompanhados de um arauto espanhol, que lhe relataram a mesma história. Sem mais duvidar, Meghem ordenou que sua cavalaria desse a volta e retornasse a Zuidlaren. Em Zuidbroek, ele designara o cavaleiro espanhol, Solazar, à missão de reunir todos os soldados espanhóis e alemães que haviam escapado.

No dia seguinte, o cavaleiro Solazar, acompanhado de quatrocentos fugitivos, apresentou-se em Zuidlaren, onde Meghem tinha passado a noite. No mesmo dia, os soldados do tenente-governador de Gelderland chegaram, o que agora dava a Meghem um grande exército. Imediatamente, ele se dirigiu a Groningen, mas logo De Mepsche lhe enviou a notícia de que os burgueses e a magistratura não estavam interessados em permitir que suas tropas entrassem na cidade.

A população estava empolgada com os eventos da batalha de Heiligerlee e reuniu-se em Poelepoort e Oosterpoort[29] para aguardar o retorno de Van Groesbeek e Braccamonte, que tinham conseguido escapar do massacre. Ninguém se preocupou com Heerepoorte, que ficava ao extremo sul da cidade. No

---

29 Poort = Portão

crepúsculo, os soldados de Meghem entraram por lá em grupos de trinta ou quarenta.

Naquela mesma noite, Van Groesbeek e Braccamonte chegaram com um grupo de soldados. No dia seguinte, os cidadãos de Groningen foram convocados pelo rufar dos tambores e receberam ordens de trazer todas as armas que possuíam a St. Walburgskerk.

As paredes e os portões foram fortificados porque Meghem esperava que a cidade fosse sitiada. Seu palpite estava certo. Na mesma semana, Conde Lodewyk chegou com seu exército para reivindicar Groningen. Ele recebeu apenas zombaria como resposta.

Assim, o sítio, que agora estava em sua quarta semana, tinha começado. Os Mendigos conseguiram fechar os três lados da cidade, mas o sul permaneceu aberto.

A grande desvantagem de Conde era sua falta de artilharia. Os seis pequenos canhões que ele tinha obtido nos despojos em Heiligerlee não eram páreo para os fortes muros de Groningen.

Mesmo assim, Lodewyk de Nassau persistia na tomada de Groningen. Depois de sua vitória em Heiligerlee, muitos se juntaram a sua causa, o que lhe deu comando sobre mais de dez mil soldados. De Wesel, ele recebeu um carregamento de armas, e Conde Joost van Schouwenburg também uniu-se a ele com uma grande e forte cavalaria.

Príncipe Guilherme de Orange, contudo, não era a favor do cerco. Ele achava que seu irmão tinha perdido muito tempo naquela forte cidade e que seria melhor se ele movesse suas tropas para Frísia a fim de ajudar na batalha ali. Contudo, muitos dos cidadãos de Groningen que estavam entre os soldados de Conde Lodewyk imploraram para que ele ficasse. Lodewyk sabia que esses homens perderiam seus bens se ele não obtivesse sucesso.

Houve constantes embates contra o inimigo. Os espanhóis atacavam continuamente de surpresa, o que custou muitos homens a Lodewyk. Eles tinham conquistado pouco nas últimas quatro semanas. Somado a isso, havia a rápida redução do suprimentos e do dinheiro do crescente exército do Conde. Como resultado, os mercenários alemães começaram novamente a resmungar sobre os salários não pagos.

O imperador alemão, por solicitação do Rei Filipe, tinha declarado o banimento público do Conde de Nassau e ordenou que ele imediatamente dissolvesse seu exército. O Duque de Ferro estava furioso com a derrota da supostamente invencível tropa espanhola. Sem delongas, ele tomou medidas para sua vingança. No primeiro e no segundo dias de junho, ele decapitou vinte nobres na cidade de Bruxelas. Três dias depois, ele encaminhou os Condes de Egmond e de Horne à guilhotina. A intenção do Duque era assustar os habitantes do sul do país para que eles não se rebelassem enquanto ele atravessava a região com seu exército a caminho de Groningen. As primeiras tropas já tinham sido enviadas na frente em algum ponto de junho, enquanto a maior parte do exército seguiria mais tarde, sob o comando do próprio Duque de Alba.

Evidentemente, Conde Lodewyk estava ciente dessas coisas e isso o incomodava profundamente. Além disso, ele ainda sofria com a morte de seu irmão Adolfo. Às vezes, Lodewyk se perguntava o que ele tinha iniciado. Não havia acontecido uma rebelião total na Holanda. Sua tentativa de libertar o país e o povo da tirania espanhola seria em vão?

Porém, sempre que estava desanimado, ele voltava-se para a Palavra de Deus e orava por conforto. E o Senhor deu-lhe forças para perseverar nesta tarefa aparentemente impossível.

Naquele dia ensolarado, as nuvens escuras que se formavam acima do exército dos Mendigos não estavam visíveis. Ao longo de um caminho sinuoso, três soldados estavam passeando ao sol. Um belo cão de caça caminhava ao lado do mais jovem dos três. Era Sultão, que corria ao lado de Boudewyn, Sr. Meulenberg e Martin. O cão tinha se ligado ao menino, sem jamais sair do seu lado. Martin parecia saudável, bronzeado pelo sol e cheio de vigor. A ferida na perna estava curada, e ele crescia a olhos vistos. Ele estava se tornando um rapaz robusto e um autêntico soldado.

No dia anterior, um carregamento de provisões havia chegado de Emden, e os homens que levaram o comboio também tinham trazido uma carta da Sra. Meulenberg. Ela passava bem e estava feliz em saber que seu marido e o filho saíram ilesos. No entanto, ela ansiava pelo retorno deles. Em Emden, ela ouvira rumores sobre um grande exército que estava sendo reunido por Alba na região sul dos Países Baixos. Com ele, o Duque libertaria a cidade de Groningen. Sra. Meulenberg estava preocupada com a veracidade desses boatos. Ela diariamente orava a Deus por alívio da opressão inimiga sobre a Holanda e pela salvação de Seus filhos.

Os três homens estavam conversando sobre a carta e a situação do cerco. Irritado, Boudewyn balançou o punho. "Esses mercenários alemães inúteis", ele murmurou, "sempre reclamando e pouco confiáveis quando precisam lutar. Conde

Lodewyk avançará pouco com homens assim. Nosso próprio povo deve estar disposto a derramar seu sangue, porém muitos ainda estão esperando para ver alguma evolução mais positiva".

Sr. Meulenberg concordou com ele, até mesmo para muitos reformados secretamente faltava coragem. Somente então eles ouviram passos rápidos atrás deles. Virando-se, viram um mensageiro de Conde Lodewyk correndo em sua direção. Ele acenou para que esperassem e, quando os alcançou, perguntou: "Você é o ferreiro Boudewyn?".

"Sim, sou eu", respondeu o ferreiro.

"Quem são seus companheiros?", o mensageiro perguntou.

"Sr. Meulenberg e seu filho Martin".

O rosto do homem deixou transparecer satisfação. "Cumpri o que fui enviado a fazer. Eu estava procurando por vocês há um bom tempo quando, finalmente, alguém me disse que vocês tinham saído para uma caminhada. Vocês são aguardados na tenda de Conde Lodewyk!".

"Todos os três?", o ferreiro perguntou espantado.

"Todos os três!".

"Mas, o que o Conde quer conosco?".

"Ele vai lhes contar", foi a resposta brusca.

Seguindo o mensageiro, eles rapidamente foram até a grande tenda onde a bandeira Nassau vibrava com a brisa. Martin, principalmente, estava ansioso para ouvir o pedido do Conde.

O mensageiro desapareceu na tenda a fim de anunciar a chegada. Momentos depois, retornou e os guiou até a presença do Conde. Martin tentou impedir Sultão de entrar, mas o cão foi mais rápido e entrou com eles.

Conde Lodewyk sentou-se atrás de uma grande mesa, com Joost van Schouwenburg, o comandante da cavalgada, à sua direita, e um nobre de Ommelanden, Lorde Hutes van Menkema, que era um forte defensor dos protestantes, à sua esquerda. Na frente da mesa estava um homem em atitude respeitosa, que era desconhecido de Boudewyn e seus amigos. A testa do Conde estava enrugada de preocupação, mas seus olhos guardavam a coragem que ele sempre possuíra. Ele voltou sua atenção para o trio, dirigindo suas palavras a Boudewyn.

"Eu lhe chamei porque um trabalho perigoso precisa ser feito. Você já me ajudou várias vezes e, sobre o Sr. Meulenberg, tenho ouvido bons relatos da sua parte. E ainda lembro que o garoto tentou pegar um espião em Emden".

Martin corou de orgulho ao ouvir estas palavras de louvor. Conde Lodewyk continuou: "Desta vez, é preciso realizar uma inspeção em torno das muralhas de Groningen. Preciso saber se existem pontos fracos na defesa da cidade contra os quais possamos efetuar um ataque noturno com sucesso. Vocês estão preparados para assumir essa tarefa?".

"Certamente, meu senhor!", respondeu Boudewyn. "Mas, permita-me informá-lo que nenhum de nós está familiarizado com a cidade de Groningen".

"Estou ciente disso, mas este homem de pé ao seu lado conhece a cidade muito bem. O nome dele é Tammo Fockens, nasceu e foi criado na cidade de Groningen. Ele vai ajudá-lo nesta expedição".

Olhando para o seu ajudante, viram um jovem de cerca de trinta anos, ágil e musculoso. Seu rosto bronzeado mostrou uma firme determinação, eles tiveram uma boa impressão dele.

Conde Lodewyk deu mais algumas instruções sobre a tarefa, enfatizando o cuidado de não deixar a cidade alarmada.

Além disso, era de extrema importância agir rapidamente devido à breve escuridão de uma noite de junho.

Mais uma vez, ele perguntou particularmente a cada um se eles se atreveriam a realizar este empreendimento perigoso, que poderia lhe ser de grande valor.

Todos os quatro responderam com um solene "sim" e, então, deixaram a tenda.

Tammo Fockens permaneceu com eles o restante do dia. Ele lhes contou que era cocheiro por profissão. Há um ano, quando a situação tornou-se intolerável para os reformados – visto que não eram mais autorizados a ter cultos na igreja –, ele tinha deixado a cidade de Groningen.

Em uma grande folha de papel, ele desenhou toda a cidade com seus muros, canais, portas e baluartes. Era óbvio que este homem lhes seria de grande auxílio, uma vez que seu conhecimento da situação na cidade era notável.

Eles esperariam até a escuridão cair e decidiram que Sultão deveria acompanhá-los. Ele era um cão confiável e Onno tinha lhe ensinado a não latir enquanto patrulhava.

Finalmente, a noite chegou. A escuridão, na realidade, veio mais cedo do que o habitual. No final da tarde, nuvens pesadas chegaram do oeste, como se alguém estivesse fechando cortinas diante do sol. Ainda estava quente, até um pouco úmido. Sr. Meulenberg imaginava se uma tempestade estava a caminho e discutiu com seus companheiros se eles deveriam adiar seu empreendimento por um dia. Relâmpagos facilitariam que o inimigo os detectasse. Depois de uma breve deliberação, decidiram ir naquela noite mesmo. Não era certo que haveria uma tempestade e, pela atitude do Conde Lodewyk, eles sabiam que urgência era necessário.

A cidade de Groningen possuía sete grandes portões. Os quatro presumiram que os portões Poelepoort e Heerepoort teriam uma guarda mais reforçada. Intensos combates haviam ocorrido lá durante os últimos dias. Os Mendigos tentavam colocar trincheiras ali, o que separaria a cidade do sul. No entanto, os espanhóis atacaram repetidamente, em um esforço para obstruir o trabalho deles.

Sua melhor possibilidade seria o portão Ebbingepoort. Eles deviam descobrir quantos soldados montavam guarda ali durante a noite. Se fosse possível encontrar alguma parte do muro onde alguns Mendigos pudessem subir e atacar os guardas de surpresa, talvez o portão pudesse ser aberto antes que os espanhóis soubessem o que estava acontecendo.

Quando as primeiras sombras surgiram, eles seguiram o seu caminho. Depois de falarem a senha, o sentinela permitiu que passassem.

Tammo Fockens assumiu a liderança. Era evidente que ele conhecia bem a área. Logo deixaram a estrada e continuaram através dos prados, saltando sobre valas cheias de água ou escalando os portões do terreno. Contra o céu escuro podiam ver os contornos da Torre Martini. Uma pequena luz queimava no topo. Sem dúvida, um guarda estava vigiando de lá.

Eles chegaram a um riacho profundo. Tammo vasculhou ao longo da borda até que suavemente sussurrou: "Aqui está!". Chegando perto, os outros notaram um pequeno barco.

"Vamos usar isso para chegar à cidade", disse Tammo. Um a um, eles entraram na pequena embarcação. Tammo tomou lugar ao leme enquanto Boudewyn manejava o longo remo. Sr. Meulenberg e seu filho sentaram-se no meio e Sultão colocou a cabeça no joelho de Martin.

Com o mínimo de ruído possível, o ferreiro direcionou a pequena embarcação para longe da costa, continuando em direção à cidade. Mantiveram-se em silêncio, pois mesmo durante a noite, não era possível ter certeza da proximidade do inimigo.

Logo o riacho afluiu para um ribeiro mais largo, que corria para dentro do canal da cidade. O calor era menos intenso ali, Martin aproveitou melhor o passeio noturno de barco. Acariciando a cabeça do cão, seus olhos tentavam atravessar a escuridão da noite. Uma alta e escura sombra surgiu diante deles. Devia ser o muro da cidade. O caminho da água já adentrava no canal.

Boudewyn parou de remar e, por apenas alguns minutos, o pequeno barco ficou completamente imóvel. Eles forçaram seus ouvidos para ouvir algum perigo nas proximidades, mas o único som era o toque suave da água e os latidos de um cão à distância.

Tammo Fockens sussurrou: "Nós temos que virar à direita aqui, o mais próximo possível do muro. A chance de sermos vistos ali é menor".

Eles cruzaram o canal da cidade, chegando tão perto do muro que Martin quase podia tocá-lo. Eles tomavam constante cuidado para evitar que o barco ficasse empacado ou esbarrasse contra algo. O grupo percebeu que haveria guardas no topo do muro e qualquer barulho que fizessem poderia traí-los.

Martin não conseguia lembrar o quão longe eles tinham remado. Sultão rosnou e Boudewyn imediatamente deteve seu remo. Por trás do muro, puderam escutar a batida do casco dos cavalos. Pelo som, determinaram que seriam dois cavaleiros, oficiais que provavelmente verificavam os guardas. Isto significava que o turno da noite era mais rigoroso do que eles esperavam.

Eles prosseguiram até que Tammo Fockens sussurrou: "Parem! Este é o lugar onde temos que escalar o muro".

O barco parou. Martin, cujos olhos agora estavam adaptados à escuridão, olhou para o alto e íngreme muro e se perguntou como alguém poderia escalá-lo.

Tammo Fockens levantou-se e começou a desenrolar uma corda longa e forte de sua cintura. Preso à ponta da corda estava um gancho de ferro afiado e envolto num pano. Ele o colocou no fundo do barco e disse: "Ouçam bem e vejam se conseguem escutar alguém nas proximidades".

Por vários minutos, eles se sentaram em um silêncio mortal. Nenhum som foi ouvido, exceto o estrondo de trovões distantes. Sr. Meulenberg estava preocupado com isso, mas eles tinham avançado demais em sua missão para desistirem. Além disso, naquele momento, aquilo não lhes parecia perigoso.

Boudewyn tentou ver o que estava acontecendo em cima do muro, mas era difícil distinguir qualquer coisa na densa escuridão. Eles deviam ter acabado de passar pelo portão Ebbingepoort, diante deles estava o baluarte. Talvez os guardas estivessem lá, mas não conseguiriam enxergá-los.

Tammo começou a sussurrar de novo: "Tudo parece seguro, vou tentar lançar o gancho em um galho da castanheira que passa por cima do muro. Se eu conseguir, podemos começar a escalar. Do outro lado do muro, há uma escada de pedra que podemos usar para descer. Primeiro, vamos inspecionar a força da guarda no Ebbingepoort. Depois, talvez haja oportunidade de visitar alguns dos meus amigos, que podem nos dar informações mais recentes. Vamos em grupo de três. Martin e o cão devem ficar aqui e vigiar. Assim que suspeitar de algum perigo, pie três vezes como uma coruja. Se estivermos próximos, poderemos correr para um lugar seguro. Se não voltarmos antes da primeira luz da alvorada, você deve levar o barco de volta para o acampamento. Nós vamos conseguir; eu conheço bastantes esconderijos na cidade".

Assustado, Martin tinha ouvido as instruções. Ele preferiria sair para enfrentar o perigo a ficar sozinho. Ele começou a protestar, mas seu pai o impediu. Não havia nada mais a fazer, senão obedecer.

Tammo endireitou e lançou a corda com gancho para o topo da árvore, a qual estava quase invisível na escuridão. Seu lançamento foi preciso, mas o gancho não conseguiu agarrar-se ao galho e caiu sobre o muro. Como estava coberto por um pano, fez pouco barulho. Mesmo assim, antes de Tammo jogar mais uma vez, eles ficaram escutando por alguns minutos, apreensivos de que alguém pudesse ter ouvido.

Desta vez, o gancho agarrou-se a um galho e demonstrou estar seguro. Mesmo depois de Tammo puxá-lo com toda a força, o ramo não quebrou.

"É melhor agirmos", ele disse baixo. Tomando a corda na mão, Tammo começou a subir, ágil como um gato. Boudewyn o seguiu. O galho rachou com o peso daquele grande homem, mas não quebrou. Agora, era a vez do Sr. Meulenberg. Delicadamente, ele beijou seu filho, deu adeus e sussurrou: "Até mais ver, Martin! Tenha muito cuidado e não se preocupe muito se não estivermos de volta a tempo. Estamos nas mãos de Deus".

Martin assentiu enquanto agarrava-se a seu pai, tentando não romper em lágrimas. Então, o Sr. Meulenberg subiu pela corda. Por alguns segundos, Martin ouviu seus passos suaves, então tudo ficou quieto novamente.

Um imenso sentimento de solidão tomou conta dele. Parecia que uma voz lhe dizia que toda esta aventura chegaria a um final infeliz. Era terrível sentar ali e esperar. Afagando a cabeça de Sultão, ele tentou dissipar os pensamentos aterrorizantes de sua mente.

O tempo passou. Por quanto tempo ele tinha esperado? Quinze minutos? Uma hora? Ele não saberia dizer. À distância, um trovão retumbou. De repente, o vento soprou sobre as águas. A ventania sussurrava através do céu que um relâmpago acabara de riscar. Por um momento, tudo ficou visível sob a luz azulada. Então, trovões rolaram com força pelo céu. Isso assustou Martin, mas, apenas alguns instantes depois, ele ficou mortalmente petrificado. À distância, ouviam-se gritos, seguidos por um toque de trombeta que ressoava por boa parte da cidade. Passos rápidos aproximavam-se dele. "Espiões! Mendigos!", vozes gritaram. Seu coração batia de medo.

Rapidamente, ele ficou de pé no barco, instintivamente levando sua mão ao punhal escondido sob seu casaco. As vozes se aproximavam, assim como os passos rápidos. A fraca luz de tochas surgiu do outro lado do muro, e ele ouviu o barulho das armas. Martin estava muito ansioso e eclodiu em suor. O inimigo estava muito perto agora. Certamente seu pai e os outros não poderiam mais subir as escadas, e aqui estava ele, impotente.

Incapaz de se conter por mais tempo, com as mãos úmidas ele agarrou a corda e subiu, deixando Sultão para trás.

Martin era um bom alpinista, mas, em sua ansiedade, seus pensamentos avançavam mais rápido do que as mãos e ele quase perdeu o controle. Isso o assustou o suficiente para fazê-lo desacelerar. Controlando-se para manter a calma, ele coordenou suas ações com seus pensamentos.

Abaixo de si, ele ouviu gritos confusos e soldados correndo de um lado para o outro. "Onde é que esses sujeitos foram parar?", alguém gritou. "Corram atrás deles, devem ter virado neste beco!", outro ordenou em voz alta.

Martin ficou imensamente animado; isso significava que seu pai e os outros ainda não tinham sido capturados. Tammo

Fockens conhecia muitos esconderijos nesta cidade; talvez eles escapassem!

Feliz e exultante, Martin descuidou-se. Ele arrastou-se em direção à borda interna do muro e olhou para baixo a fim de saber o que estava acontecendo. O brilho rosado de uma tocha iluminou seu rosto e, em seguida, uma voz gritou: "Tem outro no muro! Rápido, vá lá para cima!".

Martin rapidamente recuou, mas já era tarde demais. Três ou quatro soldados subiram as escadas correndo. Assim que ele pegou a corda, os homens o agarraram e o arrastaram para junto deles.

Balançando descontroladamente seus braços, ele tentava se soltar, mas os soldados eram muito fortes. Enquanto relampejava novamente, ele foi puxado escada abaixo e levado a um oficial que portava uma tocha.

"Quem é você e quem são seus ajudantes?", o soldado pressionou.

Martin apertou os lábios. Seu rosto estava arranhado, seu nariz sangrando e ele se sentia miserável, mas estava determinado a não dizer uma palavra.

Um dos soldados que segurava Martin lhe deu um forte tapa no rosto. "Responda!", ele resmungou. Martin ficou vermelho, mas manteve a boca fechada.

O oficial examinou Martin novamente. "Você é muito jovem, mas, como espião e rebelde, terá de olhar pelo buraco da corda de cânhamo", disse ele com certa compaixão. "Seria muito mais sensato nos dizer tudo o que sabe. A tortura com o potro[30] é pior do que a morte!".

---

30 Instrumento de tortura em que as mãos e as pernas da pessoa eram amarradas a cordas e puxadas em direções opostas. (N.do.T)

Martin entendeu muito bem o que significava o buraco da corda de cânhamo. Essa era a corda usada no enforcamento. Antes disso, ele sofreria uma tortura cruel se não revelasse voluntariamente suas informações. Lágrimas ardiam em seus olhos. Ele seria forte o suficiente para manter-se em silêncio até o fim?

O oficial afastou-se de Martin. "Quero que três homens levem esse rapaz para a prisão, enquanto os outros devem voltar ao portão. Mantenham vigilância redobrada, e, assim que retornarem os soldados que estão procurando os espiões, me informe imediatamente!".

As mãos de Martin foram amarradas por trás de suas costas. Dois soldados o agarraram pelos ombros, enquanto um terceiro, armado com uma lança, o seguia.

Cruzando a Jatstraat[31], eles foram para o Vismarkt. Ainda estava trovejando e a chuva começava a cair. Os soldados se sentiam muito irritados porque estavam encharcados.

Martin pensava o tempo todo em fugir, e, quando os relâmpagos iluminavam, ele olhava em volta para ver aonde estava indo. Ele esperava que talvez seu pai ou Boudewyn estivessem por perto para ajudá-lo. Certamente, juntos eles seriam capazes de lidar com esses três soldados.

Porém, não chegou qualquer auxílio, e seus raptores tinham um firme controle sobre ele. O grupo atravessou o Vismarkt. Mais uma vez houve relâmpagos, e Martin percebeu um alto mastro com uma viga. A forca! Isso o fez tremer.

Um dos soldados notou a reação e disse: "Sim, amiguinho, dentro de vinte e quatro horas você será pendurado nela, mas, primeiro, vai cantar uma bela canção para o carrasco! Apenas espere e verá!".

---

31 Straat = rua

O grupo andou pela escuridão até que, de repente, uma pesada porta foi aberta. Juntos, eles caminharam por um longo corredor e subiram uma escada íngreme. A porta da cela rangeu suas dobradiças, e Martin foi jogado dentro dela, caindo sobre um pouco de palha. Atrás dele, a porta foi fechada com um estrondo.

18

A ESTRATÉGIA DE BOUDEWYN

Com as mãos atadas atrás das costas, Martin caiu com força no chão. Felizmente, a espessa camada de palha impediu que ele se machucasse muito. Ele virou-se e, então, ficou imóvel.

No começo, ele ignorou o ambiente, mas agora estava perturbado. Sua jovem vida acabaria na forca? Ele não podia acreditar, a vã ideia de que talvez aquilo fosse um sonho do qual ele logo acordaria passou por sua mente. No entanto, a dor causada pelos maus tratos era muito real.

Ele lembrou-se de ler histórias sobre os mártires. Muitos deles caminharam até a morte com uma canção em seus lábios. Eles não conheciam o medo? Por que ele estava com tanto medo? Ele também não amava o Senhor Jesus?

Lentamente, a calma se estabeleceu em sua mente. Ele não podia juntar as mãos amarradas, mas seus lábios se moviam em uma fervorosa oração ao seu Pai celestial.

Ele implorou por libertação, mas também por força para suportar o pior, se era isso o que Deus queria dele. Ele orou com tanta paixão que as lágrimas escorreram pelo seu rosto e ele permaneceu alheio ao que acontecia em sua volta.

Lentamente, uma paz maravilhosa desceu sobre seu coração. Sem temor, ele olhou para a escuridão ao seu redor, com a certeza de que Deus iria cuidar de tudo o que lhe acontecesse.

A dor provocada pela corda amarrada em torno dos seus pulsos não o incomodava mais. E se ele se esticasse um pouco? Sentando-se, ele contorceu os braços. Na verdade, havia espaço para se movimentar! Concentrado, tentou alcançar os nós da corda com os dedos. Quando finalmente conseguiu, lentamente começou a desatá-los. Foi um trabalho árduo, avançando apenas frações de centímetro a cada tentativa. Suas mãos ficaram dormentes, mas seu coração batia forte de emoção.

Eventualmente, ele conseguiu soltar as mãos. Largou a corda no chão e gentilmente esfregou os pulsos doloridos. Seus olhos, agora acostumados com a escuridão, examinaram o ambiente da cela. Havia pouco para ver; apenas uma pequena abertura no alto da parede, para deixar entrar luz e ar fresco. A passagem não permitia que entrasse muito dos dois – a luz era fraca e o ar viciado.

Para Martin, ficou óbvio que sua cela era regularmente utilizada por bêbados e que não era limpa com frequência. O mau cheiro o nauseava. No entanto, ele provavelmente teria que ficar ali até que a porta se abrisse para levá-lo a uma situação ainda pior. A tortura o aguardava e, depois disso, a forca...

Não havia maneira de escapar? Ele moveu suas mãos ao longo da porta, mas ela era feita de robustas, sólidas e irremovíveis tábuas de madeira. Ele sentiu um grande anel de ferro, e, gentilmente girando, ouviu a trava do lado de fora mexer-se para cima e para baixo. Porém, pressionar seu corpo contra a porta não produziu o menor movimento.

Então, ele lembrou que tinha ouvido o som áspero de barras de ferro correndo por todo o exterior da porta depois de ter sido atirado neste buraco. Ele estava bem trancado. Não havia maneira de escapar pela porta, e, mesmo que conseguisse chegar ao corredor, os guardas o impediriam de qualquer fuga.

Ansiosamente, ele olhou para o buraco de ar vagamente visível. Era muito pequeno. Um adulto não conseguiria passar por ali, mas ele seria capaz se pudesse espremer-se através dele – isso se ele conseguisse subir até lá.

Seus olhos eram constantemente atraídos para sua única ligação com o mundo exterior. Ali estava sua única chance!

Ele começou a tatear as paredes para ver se encontrava algum apoio. Então, lembrou-se do seu punhal. Os soldados não checaram se ele portava armas. Rapidamente, Martin o tirou de seu casaco. Empurrando-o entre dois dos tijolos, tentou subir por ele... O punhal se partiu em dois. Martin caiu de costas no chão. Ao mesmo tempo, ele ouviu um barulho que o assustou. Em seguida, apenas silêncio. O que poderia ter sido? Será que alguém bateu na parede do lado de fora? Ou era sua imaginação?

Aconteceu de novo, agora perto do buraco de ar. Alguma coisa atingiu a borda da abertura e, em seguida, desapareceu. Martin estava apavorado. Alguém estava tentando atirar uma pedra pelo buraco. Devia ser alguém forte porque o buraco era muito alto. O que isso significava? Seria alguém procurando ferir Martin?

Rapidamente, ele se espremeu contra a parede sob a abertura, de modo a não se machucar com a pedra.

Apenas alguns segundos depois, algo passou zunindo pelo buraco, num amplo arco sobre Martin, e bateu no chão, perto da porta.

Longos minutos se passaram enquanto o menino esperava. Nada mudou: o barulho não tinha alarmado o guarda. Lá fora, tudo estava quieto também. Por fim, ele não conseguiu mais conter sua curiosidade. Uma vaga esperança de que talvez seus amigos estivessem lhe enviando uma mensagem havia adentrado em seu coração.

Rastejando pela palha, ele procurou o objeto até que suas mãos o tocaram. Era uma pedra, mas não tinha nenhuma mensagem. No entanto, havia uma forte e fina corda. Para sua surpresa, ele percebeu que a corda corria até o buraco de ar.

Intrigado, ele começou a puxá-la para dentro. Parecia não haver fim. Ele arrastou mais e mais metros da corda para dentro, até que, de repente, ficou mais difícil puxar – como se houvesse alguma coisa ligada à outra extremidade. Finalmente, ele entendeu. Com grande entusiasmo, começou a puxar a corda mais rápido. Logo, a comprovação de suas esperanças chegou às suas mãos. Uma corda forte e grossa, com a qual ele poderia subir até o buraco de ar. Rapidamente, ele amarrou a ponta no anel da porta.

A corda ficou esticada; ele poderia começar a escalada. Segurando a corda com as duas mãos, Martin esforçou-se em direção ao buraco do ar. Ao chegar, passou a parte superior do corpo pelo buraco e olhou para baixo.

A profunda escuridão da noite começava a empalidecer com a alvorada. Vagamente, ele conseguiu distinguir algumas figuras muito abaixo dele. Ele acenou com a mão, mas não tinha certeza se poderiam vê-lo. Ele não se atreveu a chamá-los.

O buraco era grande o suficiente para ele passar, mas ele não poderia ir de cabeça para baixo. Projetando-se para dentro outra vez, Martin, pendurado na corda, fez alguns movimentos acrobáticos e moveu as pernas para fora do buraco. Usando toda a sua força, empurrou seu corpo para frente até que suas pernas balançassem para baixo.

"Consegui!", exclamou para si mesmo. Ofegando e transpirando muito, ele descansou por alguns segundos na borda. A ansiedade logo o pressionou a agir; ele deveria descer antes que sua fuga fosse notada! Lentamente, passou pela passagem desgastada e suas mãos novamente agarraram a corda. Seus dedos rasparam as pedras brutas do muro até que seus pés também alcançaram a corda. Agora, ele tinha que descer. Cuidadosamente, ele deslizou as mãos para uma parte mais baixa; seus pés também desceram... funcionou! No entanto, era muito mais difícil do que ele tinha imaginado. Por um segundo, ele olhou para baixo. Uma vertigem instantânea tomou conta dele e Martin quase perdeu as forças. Tremendo de medo, fechou os olhos. Ele clamou a Deus por ajuda com todo o seu íntimo.

A tontura passou. Lentamente, ele desceu mais, tomando o cuidado de não olhar novamente para baixo. Sob a luz da aurora, ele transpôs a cinzenta parede de pedras. Suas mãos começaram a queimar e todos os músculos do seu corpo doíam com a exaustão.

Avante... Avante... Era como se uma outra pessoa lhe ordenasse a continuar.

De repente, braços fortes seguraram suas pernas. Sem perceber, ele tinha chegado ao chão. Seu pai o abraçava com força. Lágrimas de alegria rolavam pela face do Sr. Meulenberg. Ao lado dele, estavam Boudewyn e Tammo Fockens, igualmente felizes.

Apressadamente, eles escaparam pela passagem da torre, entrando num beco um pouco adiante. Quando eles pensavam que o perigo tinha passado, escutaram vozes à frente. Algumas pessoas se aproximavam.

O que deviam fazer? Eles não se atreveriam a voltar atrás ou avançar. À sua esquerda, havia uma das paredes do jardim, que tinha dois metros de altura. Tammo Fockens lançou a corda, olhou ao redor, e sussurrou: "Depressa! Estaremos seguros aqui!".

Apenas alguns segundos depois, todos estavam em um pomar do outro lado. Bem a tempo! A escuridão da noite dera lugar à luz da aurora, e eles ouviram dois homens conversando.

Assim que correram, um cão começou a latir furiosamente. Assustados, eles rapidamente abaixaram-se atrás de alguns arbustos de baga e ficaram bem quietos. Aos poucos, o cão se acalmou.

Do outro lado do muro, os passos de dois guardas pararam. "Você ouviu o latido?", um perguntou. "Lá atrás, achei que tinha visto algo se movendo perto desta parede. Vou escalar e dar uma olhada do outro lado".

Depois de escalar a parede, o guarda examinou o jardim. Alguns metros abaixo dele, os quatro fugitivos prendiam a respiração e se escondiam entre os arbustos, com medo de serem descobertos.

Os olhos do guarda vasculharam o jardim. Houve um movimento ali? De repente, um gato correu pelo escuro pomar. Instantaneamente, o cão começou a latir. Em seguida, o guarda desceu.

"O cão está latindo para um gato", ele informou seu companheiro. "Sabe, eu estava pensando sobre aqueles Mendigos que escalaram o muro perto de Ebbingepoort ontem à noite".

"Eles eventualmente sairão para a luz", o outro afirmou. "Sem dúvida a guarda foi redobrada, e um deles foi imediatamente capturado. Provavelmente será enforcado esta noite".

Então, da prisão, uma trombeta tocou um sinal de alarme.

"A fuga foi descoberta; temos que sair rapidamente daqui", Tammo Fockens sussurrou.

Ignorando o furioso latido do cão, eles correram pelo pomar e escalaram uma cerca. Correndo por um quintal, passando por um portão e alguns armazéns, foram parar em uma rua tranquila, onde não avistaram qualquer perigo. Tammo Fockens não hesitou por um instante. Familiarizado com cada ponto da cidade, ele rapidamente os conduziu adiante. Rapidamente, ele entrou em um beco sem saída. No final da viela, abriu a porta de um galpão. Quando todos estavam dentro, ele trancou a porta. Diante deles, estendia-se um longo quintal, e eles caminharam pela lateral de uma casa antiga. Tudo parecia muito escuro e silencioso, mas a porta dos fundos foi imediatamente aberta quando seu guia bateu o mesmo sinal três vezes.

Minutos depois, eles sentaram-se em um salão onde as persianas foram bem fechadas. O anfitrião, um homem alegre e corpulento, com olhos inteligentes em um rosto arredondado, serviu copos de leite, pão e manteiga. Quando Tammo começou a informá-lo sobre a fuga bem sucedida, ele levantou a mão em sinal de protesto. "Eu não sou curioso. Saber muito não me deixa feliz! Quando vocês tiverem comido o bastante, mostrarei onde podem dormir, mas lembrem-se de fazer muito silêncio. Nossa criada não ouve muito, mas é provável que alguns olhos e ouvidos atentos apareçam por aqui".

Ele saiu da sala, mas logo voltou trazendo uma pequena escada que colocou debaixo da grande lareira. Tomando uma vela acesa em um castiçal, subiu a escada e orientou seus convidados a lhe seguirem.

Martin estava assombrado. Tammo Fockens desapareceu e, então, Boudewyn e o Sr. Meulenberg. Agora era a vez dele. Ele subiu pelos degraus da escada. Os outros já tinham desaparecido. De repente, ele viu um alçapão sujo de fuligem e bem aberto. O rapaz subiu por ele e juntou-se aos demais em um pequeno sótão que não tinha outra conexão com o resto da casa senão pela entrada secreta. O chão estava coberto de feno. O anfitrião mostrou alguns buracos pelos quais eles poderiam observar o quarto que tinham acabado de deixar. Então, desejou-lhes uma boa noite e saiu pelo alçapão, protegendo-o bem ao passar.

Martin deitou imediatamente no feno. Ele estava completamente exausto pelo medo e as aventuras que tinha experimentado na noite anterior.

Os outros também se acomodaram enquanto o Sr. Meulenberg relatava a Martin o que tinha acontecido com eles. Na noite passada, depois de terem subido o muro, seguiram furtivamente para a guarita, pelo portão de Ebbingepoort, a fim de verificar a força da vigilância no local.

Tudo corria muito bem. Tammo conhecia detalhadamente a área e eles estavam bem perto da guarita. Tammo engatinhou até a porta aberta pela qual eles poderiam escutar os soldados discutindo a situação da cidade. De repente, houve relâmpagos. Isso os revelou e, de imediato, o alarme soou. Infelizmente, as patrulhas do outro lado também tinham acabado de se aproximar.

Graças ao preciso conhecimento que Fockens tinha da cidade, eles escaparam imediatamente por um beco, o que levou os seus perseguidores, desorientados, a uma perseguição intensa.

No entanto, eles estavam muito preocupados com Martin, e, quando a tempestade passou, impetuosamente partiram para ver o que tinha acontecido com o menino. Tammo aproximouse de dois sentinelas que discutiam a prisão de um Mendigo, o que o fez perceber que Martin estava na prisão.

Todos estavam de acordo quanto a não abandonar Martin. Tammo os levou, então, a Derk Dam, um fabricante de cordas que ele conhecia bem. Derk Dam era um sujeito jovial, mas também um homem perspicaz. Sua esposa era reformada, mas Derk não queria ser religioso demais. Ele desprezava os espanhóis e ajudava os protestantes em segredo. Em muitas ocasiões, ele tinha escondido fugitivos no sótão secreto que só poderia ser alcançado pela lareira.

Derk Dam tinha algumas informações importantes para eles. De seu primo, que era um guarda da prisão, ele soube que todas as celas do cárcere estavam ocupadas. Apenas a cela mais alta da torre estava vazia. Normalmente, eles a utilizavam para bêbados. Ele esperava que Martin fosse colocado lá.

Boudewyn, então, pensou na estratégia da corda com uma pedra. Dam tinha muitos metros de corda, e o forte ferreiro conseguiu lançar a pedra pelo buraco de ar. Eles estavam genuinamente gratos por Martin realmente estar naquela cela e ter entendido suas intenções. O rapaz conhecia o resto da história, e ali estavam eles, no sótão do fabricante de corda.

Martin escutou avidamente, mas agora a fadiga tinha tomado conta dele. Vagamente, ouviu os homens falando sobre a guarda da cidade, que era muito mais forte do que tinham previsto. Seria impossível para o exército dos Mendigos atacar de surpresa a cidade de Groningen.

Martin adormeceu. Os outros também se deitaram e logo estavam dormindo. Lentamente as horas se passavam.

19

DERK DAM FALA A VERDADE

Parecia ser bem mais tarde quando Martin acordou de seu sono profundo. Sem prestar atenção no que se passava ao seu redor, ele continuou a cochilar até que se deu conta das vozes estranhas.

Completamente desperto, ele percebeu que era meio-dia. O sol ofuscante reluziu por uma telha de vidro. Martin sentou-se e, em seguida, percebeu que seus três companheiros estavam olhando pelos buracos. Atentamente, eles escutavam o que estava sendo dito lá embaixo, Martin rastejou silenciosamente na direção deles.

Olhando pelo outro lado dos mirantes, Martin conseguiu ver uma pequena área do quarto por onde havia entrado ontem. Ele podia ver o rosto de Derk Dam, que não demonstrava qualquer emoção. Havia mais homens na sala, mas Martin não conseguia vê-los.

Uma voz rouca falou: "Você reconhece esta corda, Derk Dam?". Derk tomou a corda nas mãos e a examinou de perto. Então, alegremente, disse: "Certamente, Senhor Xerife. Esta é uma corda nivelada de cânhamo. O fio do cabo é de bom material; é um produto bem feito. Eu não poderia ter feito um trabalho melhor".

"Pouco importa sua técnica de fabricar cordas. Quero que você me diga: esta corda é a sua?".

Derk Dam pareceu muito inocente enquanto respondia: "Esta corda? Eu não tenho nenhuma parecida com esta em minha propriedade. A torção é feita de uma maneira diferente do que produzimos aqui. Mas, eu não gostaria de expor todos os detalhes da fabricação de cordas para o meu senhor. Se você precisar de cordas, eu lhe entrego um monte delas, tão boas quanto esse modelo antigo".

"Fale a verdade, homem. Você ajudou o Mendigo que escapou da torre na noite passada?".

"Eu não saio de casa durante a noite, Senhor Xerife. O dia de trabalho é longo o bastante e meu descanso à noite é curto". Derk falou com uma voz calma, como se não houvesse qualquer sinal de problemas. O xerife estava um pouco impressionado e não mais tão seguro de si. Quando ele recebeu a mensagem de que o prisioneiro escapara com uma corda, imediatamente pensou em Derk Dam, que não era um romanista muito fiel. E se ele tivesse se enganado?

Ele mudou de tática. Com convicção em sua voz, disse: "É melhor ser esperto, homem. Estou disposto a ajudar você como um concidadão, mas se eu lhe entregar aos espanhóis, você será enforcado hoje! Se confessar o que fez, verei o que posso fazer por você. Apenas me diga como você conseguiu dar esta corda para o prisioneiro".

O rosto do fabricante de cordas apenas demonstrava completo espanto. "Pois eu lhe digo que não saberia como. Não me envolvo com magia negra".

Isso foi o suficiente para o xerife. Virando-se para os soldados, ordenou com uma voz rouca: "Vasculhemos toda a casa, incluindo o inventário de cordas. Temos que descobrir se este homem fala a verdade. Ele vai pagar com sua vida se encontrarmos algo suspeito".

Imediatamente, os soldados começaram a procurar. Toda a casa foi revistada: nenhum canto ou recanto foi esquecido. Os quatro fugitivos, mantendo-se mortalmente quietos, ouviram seus inimigos saqueando armários, abrindo portas, subindo escadas, revirando tudo.

O casarão era um labirinto de salas, corredores e escadarias, construído de tal forma que era quase impossível detectar o sótão secreto. Às vezes, Martin conseguia ouvir os soldados amaldiçoando por não conseguirem encontrar nada. Seus pensamentos se voltaram de forma involuntária para um ano atrás quando sua própria fazenda tinha sido revistada, e, escondido, viu seus pais serem feitos prisioneiros. Aquilo foi muito pior, mas Deus fez todas as coisas acabarem bem. O Senhor poderia mantê-los seguros desta vez também.

Por fim, toda a casa tinha sido vasculhada. Os soldados até tinham examinado a chaminé, mas o alçapão era invisível ao nível do chão. Também não encontraram nenhuma corda parecida com a que o xerife trouxera. Eles saíram desapontados, educadamente conduzidos para fora por Derk. No sótão, os quatro deram um suspiro de alívio.

Cerca de uma hora mais tarde, Derk Dam levou uma refeição com pão, cerveja e queijo aos seus hóspedes secretos. Antes subir, no entanto, trancou com segurança a porta que dava para a sala de estar.

Alegremente, ele cumprimentou seus convidados com um "Aprecie a sua refeição! Também podemos celebrar o final feliz daquela visita assustadora".

"Estávamos bastante ansiosos, não só por nós mesmos, mas também por você", Tammo Fockens comentou. "Você realmente soube como despistar aquele xerife".

"Tudo o que eu disse era verdade. Eu nunca saio de casa e eu nunca quis ouvir quaisquer detalhes sobre a sua aventura. Quanto à corda, eu não fabrico este modelo em particular há muitos anos. O exemplar que lhes dei foi muito apropriado para a ocasião".

Tudo o que ele disse era objetivamente verdade, mas Martin percebeu muito bem que aquele homem era muito inteligente e sabia exatamente o que estava fazendo, apesar do olhar inocente no rosto.

"Entretanto, não acredito que o xerife esteja totalmente convencido da minha integridade. Não me surpreenderia nem um pouco se ele voltasse hoje ou amanhã", continuou Derk Dam. "Meia hora atrás, Janus, aquele grandão, posicionou-se do outro lado da rua, de olho em minha casa. Parece-me que ele tem um mandado para me espionar.

Janus Grandão, o traidor! Com certeza, isso não é coincidência. Aquele sujeito preguiçoso só ganha o seu sustento com empregos baixos como esse", Tammo explicou.

"Não haverá nada para ele ver por um bom tempo. Isso apenas evidencia que o xerife suspeita de mim. Ainda tenho esperanças de encontrar um jeito de levá-los para fora da cidade hoje".

"Nada nos agradaria mais", Sr. Meulenberg interrompeu. "Por certo, estamos muito agradecidos por sua ajuda e jamais nos esqueceremos disso. No entanto, quanto mais cedo sairmos da cidade e voltarmos para o acampamento, melhor. Você tem alguma ideia de como nos tirar daqui?".

"Estou me concentrando em algo, mas o plano deve ser absolutamente seguro. Caso contrário, antes do anoitecer, estaremos um do lado do outro na forca. Devo deixá-los agora, mas retornarei assim que minha estratégia estiver concluída". Com estas palavras, o fabricante de cordas saiu pelo alçapão.

* * *

Três horas mais tarde Derk Dam entrou no esconderijo novamente. "Podem sair", anunciou ele em voz baixa. "Sigam-me até o andar de baixo e explicarei tudo".

Todos desceram da chaminé e, entrando na sala do andar de baixo, surpreenderam-se diante de tantos barris de vinho

"À margem do Hoge der A River vive um amigo meu que é produtor de cerveja e comerciante de vinhos", contou Derk aos seus convidados. "Ele é romanista, mas alguns de seus funcionários entraram secretamente para a Igreja Reformada. Eu sempre compro vários barris de cerveja e de vinho para os meus trabalhadores.

Tive uma conversa reservada com dois dos homens do cervejeiro, e eles ficaram de vir aqui hoje. Eles me trarão barris cheios e levarão esses vazios de volta. Cada um de vocês deve esconder-se dentro de um dos barris. Eu sei que não é muito espaçoso para alguns, mas não podemos resolver isso agora.

"Eles voltarão daqui para o armazém da cervejaria, carregarão mais alguns barris cheios para o convento em Essen e, depois, irão para o portão Heerepoort. Se conseguirem passar pela guarda, vocês estarão fora da cidade. Eles irão por Heereweg, mas, antes de Essen, vocês devem sair e escapar pela floresta ao redor de Coendersborg, perto de Helpman. Não deve ser difícil encontrar o caminho de volta para o acampamento a partir dali. Bem, o que vocês acham desse plano?".

"Muito bom, Derk!", Tammo Fockens elogiou. "Não deixa de ter seus riscos, mas acho que devemos segui-lo".

Os outros concordaram. Afinal, seu objetivo era voltar o mais rápido possível para informar o Conde Lodewyk.

Logo os quatro estavam escondidos em barris. O maior deles foi para Boudewyn, é claro, e o menor para Martin. Derk Dam fechou as tampas com cuidado. A única fonte de ar fresco era o pequeno buraco no fundo do barril.

Não era muito confortável, mas eles tinham aprendido a adaptar-se a situações inconvenientes. Dentro de seus apertados esconderijos, eles aguardavam com tensão os eventos que lhes conferiríam a liberdade ou a morte...

* * *

Uma carroça, puxada por dois cavalos fortes, passava pela rua estreita e deteve-se na frente da casa do fabricante de cordas. Havia vários barris na carroça.

Derk Dam saiu, cumprimentando amigavelmente os condutores enquanto ignorava Janus Grandão. O brutamonte alto – que ficou parado ali por horas e, agora, se aproximava da carroça – não queria perder nada.

"Os barris podem ser colocados na adega, companheiros", continuou Derk, abrindo um alçapão e expondo a grande janela da adega. "Um de vocês pode entrar, abrir a janela e levar os barris. Vamos rolar os barris até a abertura".

O mais novo dos homens entrou. Um minuto depois, a janela foi toda aberta. O outro condutor inclinou uma grande e forte tábua de carvalho contra a carroça. Cuidadosamente, os barris foram rolados para cima da prancha. Derk e o condutor ficaram um de cada lado para impedir que os barris rolassem muito rápido.

Janus Grandão estava perto também, mas não ajudou de jeito nenhum. Ele não gostava de trabalhar. No início, seus olhos fuçavam inquisitivamente o local, mas sem detectar nada de diferente, ele começou a lamber os lábios. Suas narinas sentiram o odor do vinho e da cerveja, seus favoritos.

"Ótimo vinho, Mestre Dam", falou arrastado. "Com certeza, seria uma delícia neste clima quente".

"Eu também acho, Janus. Especialmente depois de um trabalho tão duro", Derk respondeu secamente.

O último barril foi rolado pela tábua exatamente como os anteriores. Porém, assim que atingiu o chão, o fabricante de corda foi um pouco desajeitado, e o barril atropelou o pé de Janus.

O homem gritou de dor. Quando Derk correu até ele parecendo muito preocupado, Janus percebeu sua chance. Ele agarrou o pé e gemeu lastimosamente.

"Coitado de você... machucou muito?", perguntou Derk compassivamente.

"Oh... oh! Deve ter esmagado metade do meu pé!", Janus gemeu, saltitando sobre um pé.

O servo do cervejeiro balançou a cabeça em descrença. Ele conhecia o traidor muito bem e estava convencido de que o homem fingia. No entanto, o fabricante de cordas parecia impressionado. Ele chamou sua esposa e a criada, dando-lhes instruções para levar Janus para a sala de estar, enfaixar seu pé e dar-lhe um copo de vinho.

Ao ouvir essas últimas palavras, o rosto de Janus manifestou satisfação, mas ele rapidamente retomou sua encenação. Apoiado pelas mulheres e gemendo alto, ele saltou para dentro.

A sala de estar ficava longe da rua onde estava a carroça. Quando Derk Dam exclamou com ironia: "Agora podemos continuar", o servo do cervejeiro engasgou, cobrindo rápido a boca para não explodir em gargalhadas. Ele entendia agora que Derk não era bobo, mas Janus sim.

Com agilidade, eles levaram os barris para a adega. Em seguida, os homens trouxeram os barris vazios da sala.

"Vou ver como nosso paciente está se saindo", disse Derk, enquanto entrava na sala de estar.

Janus estava em um sofá com um copo de vinho na mão.

"Como você está?", perguntou Derk.

"Aquilo me atingiu com força", Janus reclamou. "Meu pé estava todo preto!".

"Foi apenas superficial", a esposa de Derk declarou. "Depois que o lavei, não deu para ver nenhuma mancha! Eu enfaixei também".

"Você fez o certo, minha querida. Nunca devemos negligenciar algo assim. Janus precisa descansar mais um pouco. Dê-lhe mais um pouco de vinho também. Será bom para ele".

Enquanto isso, os dois homens carregaram os outros barris para a carroça. Como os barris vazios pareciam bastante

pesados, foi bom ter atenção do informante voltada para outra coisa. Agora, tudo corria bem. Os homens saltaram para
o assento do condutor, bateram as rédeas e ordenaram que os
cavalos andassem. As rodas de carroça sacudiam por sobre a
rua de paralelepípedos.

20

UMA JORNADA APERTADA
E PERIGOSA

Não foi um passeio agradável para os quatro homens escondidos, mas eles ficaram quietos. Seu único temor era serem descobertos. Porém, tudo correu bem e logo eles chegaram à cervejaria. Os homens carregaram os barris vertiginosamente para o convento. Se seu chefe aparecesse, haveria perguntas sobre a grande quantidade de barris. Isso poderia ser perigoso.

Quando todos os barris foram carregados, eles dirigiram os cavalos para Turftorenstraat, através de Lutkenieuwstraat, cruzando o Vismarkt e descendo a Heerestraat. À distância, era possível avistar o portão Heerepoort. Koert, o condutor mais velho, notou que a vigilância tinha sido redobrada e tudo que entrava ou saía pelo portão era examinado com rigor. Graças aos eventos da última noite, os espanhóis estavam duplamente cautelosos.

"Precisamos ser prudentes, Remko", ele sussurrou para seu companheiro, que estava sentado atrás dele sobre os barris. Koert mudou sua posição e lentamente permitiu que os cavalos trotassem à vontade enquanto se aproximavam do portão.

"Pare, seu pateta! Aonde você está indo?", o guarda mais próximo gritou enquanto ele agarrava as rédeas.

Koert fingiu assustar-se, como se bruscamente despertasse de um devaneio. "Para o convento em Essen, com um carregamento de vinho e cerveja", ele respondeu.

Neste instante, os soldados já haviam cercado a carroça. "É uma pena", um deles declarou. "Coisas tão boas não deveriam ser engarrafadas para aquelas fanáticas, deveriam? Apenas deixe os barris aqui. Se aqueles malditos Mendigos não forem logo embora, nos encheremos disso".

"Amigos, vocês estão planejando uma festinha com as freiras?", um dos outros perguntou com ironia. "Ou as regras do convento não permitem?".

"Ah, aquela velha megera da madre-superiora só bebe vinagre azedo, não é?", outro continuou. Os soldados faziam piadas ao redor da carroça, enquanto um outro ainda tentou abrir um buraco com sua lança. Pelo rosto de alguns deles, estava claro que eles não se importariam de beber um pouco. Enquanto isso, seu comandante inspecionava a carga em busca de algo incomum. Vendo apenas barris, ele deu o sinal para prosseguir.

O Heereweg era uma estrada de areia com muitos buracos, onde a carroça constantemente solavancava. Ao lado da estrada, havia algumas fortificações, construídas em sua defesa por soldados da cidade. Essa trilha era o único caminho livre para o sul. Ali, aconteceram diversas escaramuças com Mendigos que tentavam eliminar também esta conexão.

Passando por uma curva do Heereweg, a carroça logo se aproximou da aldeia de Helpman. A estrada também começava a inclinar nesse ponto. À esquerda deles, estava o Kempkensberg[32], parcialmente coberto pela plantação de urzes. Um pouco depois, chegaram a Harenerholt. Ali, Koert guiou os cavalos para fora da estrada principal. Eles passaram por um caminho estreito, paralelo a Coendersweg, o qual serpenteava até o convento em Essen.

---

32 Berg = montanha; nos Países Baixos geralmente uma pequena colina.

Alcançando a parte mais densa da floresta, Koert parou os cavalos. Então, ele e Remko observaram cuidadosamente os arredores, mas não avistaram ninguém em parte alguma. Rapidamente, desceram da carroça e removeram as tampas dos barris que prendiam os quatro Mendigos.

Já era hora de os fugitivos deixarem seus estreitos aposentos. Durante duas horas, eles foram jogados de um lado para outro numa posição quase insuportável e sofrendo falta de ar. Embora Boudewyn tivesse ficado com o barril maior, ele quase sufocou. Aparentando muita palidez, o ferreiro tropeçou em suas pernas fracas assim que se arrastou para fora de seu esconderijo apertado. No entanto, logo o ar fresco renovou os quatro espiões.

Depois de dar algumas indicações sobre como chegar ao acampamento de Conde Lodewyk, os ajudantes fiéis, Koert e Remko, subiram novamente em seus cavalos e logo desapareceram entre as árvores. Eles queriam evitar qualquer suspeita e retornar antes que os portões da cidade se fechassem.

"Agora, para o acampamento", disse Boudewyn. "Estou ansioso para movimentar as pernas de novo".

Gratos por sua fuga, eles começaram a andar em um ritmo acelerado pela trilha da floresta. Contundo, mal tinham partido quando ouviram o som de cavalos a galope.

"Depressa! Para trás dos arbustos", gritou o Sr. Meulenberg. Eles recuaram e se esconderam atrás dos arbustos densos que revestiam o caminho. Foi no momento exato, pois surgiram dois cavaleiros virando a curva. Por suas roupas, era evidente que se tratavam de nobres.

"A visita à sua prima, a madre-superiora, levou muito tempo", eles ouviram um deles dizendo. "Precisamos chegar à cidade o mais rápido que pudermos. É possível que alguns

Mendigos estejam perambulando por aqui. Esse Lodewyk de Nassau é um homem perigoso".

"Ele e seus corsários logo estarão acabados", o outro respondeu. "Conde Meghem ficará feliz ao ouvir sobre o grande exército perto de Deventer e que o Duque de Alba está pronto para lutar em breve".

Os dois homens picaram seus cavalos e logo desapareceram de vista.

"Mensageiros de Alba para o Conde Meghem", disse Boudewyn. "Se eles não tivessem partido tão rápido, talvez pudéssemos tê-los surpreendido. Mas, de qualquer forma, ouvimos a notícia mais importante. Parece que Alba fala sério sobre vir para o Norte". Com um rosto sombrio, ele olhou para frente e continuou: "O pior é que esses mercenários não estão a fim de lutar. O clima no exército de Conde Lodewyk está se deteriorando rapidamente. Vamos, é melhor voltarmos para o acampamento e deixar Conde Lodewyk cuidar disso". Eles viraram para a direita e deixaram a floresta para trás em velocidade, alcançando Euvelgunne no crepúsculo.

Naquela mesma noite, relataram suas descobertas a Lodewyk de Nassau. Com uma expressão séria, o Conde ouviu o relatório. Ele percebeu que um ataque surpresa provavelmente não teria sucesso. Ele também escutou atentamente as notícias sobre Alba. Por fim, agradeceu aos quatro, que de bom grado tinham colocado suas vidas em perigo para ajudá-lo.

Meia hora depois, Martin e seu pai agradeceram ao Senhor por tê-los trazido a salvo para o acampamento. Então, Martin aconchegou-se sob os cobertores.

Na manhã seguinte, quando Martin acordou, Sultão estava ao lado de sua cama. O corajoso cachorro não tinha caído nas mãos do inimigo. Extremamente feliz por ver seu cão, Martin o abraçou com força.

21

RECUAR E PERSEGUIR

Apesar da grave informação trazida pelos quatro homens, o Conde ainda tentou vários ataques contra os portões da cidade, mas a defesa era muito forte. Com seus principais comandantes, ele discutia suas posições. A cidade não cederia enquanto Alba e seu exército continuassem invictos. Haveria uma maneira de derrotar esse renomado general e suas tropas?

Lodewyk de Nassau tentaria de bom grado. Ele nutria o plano de encontrar-se com o Duque de Ferro na região de Drenthe para confrontá-lo numa área mais apropriada ao combate. Talvez a vitória de Heiligerlee se repetisse lá, e os espanhóis fossem derrotados. Se isso acontecesse, era provável que todo o povo da Holanda se rebelasse e, juntos, eles poderiam dissipar a tirania espanhola do país.

Porém, com o passar dos dias e a demora de Alba, o plano do Conde Lodewyk pareceu dar errado. Os soldados contratados ficaram insatisfeitos e reclamavam por não receberem seus salários. Em mais de uma ocasião, o Conde precisou conter conflitos provocados pelo descontentamento. Regularmente, chegavam-lhe comandantes com a mensagem de que não conseguiam planejar qualquer estratégia enquanto as tropas não estivessem dispostas a lutar. Algumas divisões até queriam ir embora.

Quando chegou a notícia de que as tropas de Alba marchavam por Overyssel e Drenthe, era impossível que Lodewyk continuasse com seus planos. Ele não tinha outra escolha senão ficar perto da cidade de Groningen.

Intimamente, um outro plano começava a se formar em sua mente. Esses soldados descontentes recusavam-se a lutar e falavam sobre desertar para a Alemanha. Se, por alguma circunstância, eles não conseguissem partir, então teriam que lutar e, talvez, até ganhar a batalha.

Em primeiro de junho, ao meio-dia, Conde Lodewyk recebeu a mensagem de que o exército de Alba, duas vezes maior que seu exército de Mendigos, estava marchando de Rolde e poderia chegar no fim da tarde. Lodewyk percebeu que qualquer novo atraso seria desastroso. Após deliberar novamente com seus comandantes, o corajoso líder foi obrigado a dar a ordem de recuar.

Enquanto isso, chegaram a Groningen as tropas de vinte mil soldados experientes de Alba. Eles entraram pelo portão Heerepoort à procura do inimigo. Sem sequer descer do cavalo, o próprio Alba, liderando um grande grupo de cavalaria, fez o reconhecimento da área fora da cidade. A maior parte dos soldados de Lodewyk tinha fugido pelo convento em Selwerd. Somente a retaguarda foi deixada no acampamento fortificado. Houve uma rápida batalha que terminou ao anoitecer.

Na manhã seguinte, Alba imediatamente saiu em perseguição. Perto de Selwerd, a vanguarda espanhola novamente atacou a retaguarda de Lodewyk. Os Mendigos perderam várias centenas de homens, mas a maioria deles chegou com segurança a Ruischerbrug. Lodewyk conseguiu levar seus soldados, embora imensamente prejudicados pelos espanhóis, para o outro lado da ponte, a qual ele imediatamente incendiou para evitar que os espanhóis a atravessassem.

Alba conseguiu flutuadores para construir novas pontes, o que foi um pouco demorado e, assim, deu ao exército de Lodewyk uma vantagem considerável. Cruzando Slochteren, eles foram para o leste. O estado de espírito dos soldados era muito ruim. Os mercenários reclamavam seus salários atrasados e os voluntários estavam deprimidos porque a campanha parecia ter fracassado.

No entanto, Conde Lodewyk não planejava desistir sem lutar.

Sr. Meulenberg, Martin e Boudewyn também estavam entre os soldados em retirada. Martin sentia-se muito abatido. Muitas vezes, ele tinha sonhado com um regresso vitorioso à sua mãe. Então, todos eles voltariam para uma pátria liberta e viveriam em sua própria fazenda.

Talvez eles vissem sua mãe em breve, mas não depois de uma vitória. Quase parecia que essa retirada era uma fuga.

Marchando de volta, eles passaram por lugares familiares. Heiligerlee, onde a primeira batalha foi ganha, Conde Adolfo foi morto e Onno estava enterrado; passaram por Winschoten e, então, Wedde. Será que conseguiriam ficar ali? Não, a retirada continuou.

O exército cruzou a fronteira e chegou ao rio Ems, perto da aldeia de Rhede. Uma grande ponte cruzava o rio. Alba estava em seu encalço, mas, se eles se apressassem, haveria grande possibilidade de chegarem ao outro lado em segurança. Mas, e então? Dissolveriam o exército e desistiriam da causa? Essa ideia fez Conde Lodewyk morder os lábios com pesar. Ele nunca deixaria o povo da Holanda em perigo sem dar o seu melhor. Ele faria esses mercenários murmuradores lutarem. Ele conhecia os Mendigos e os voluntários seriam leais a ele, mas os outros só lutariam se não houvesse outra maneira de escapar.

Com determinação, ele liderou suas tropas para longe da ponte, deixando-a pelo lado direito e movendo-se ao longo da margem esquerda em direção ao Norte. Depois de marchar por quatro horas, eles chegaram à pequena vila de Jemmingen. Ela estava situada em uma faixa de terra demarcada ao leste pelo rio Ems e ao norte pelas grandes águas de Dollart.

Eles não podiam seguir adiante. À sua frente, havia somente água e, com apenas algumas horas de atraso, o exército de Alba aproximava-se. Seria um ato de desespero esperar o inimigo ali, uma última chance para Lodewyk.

Quando essa notícia chegou a Alba, ele sorriu com satisfação. Rapidamente, construiu um entrincheiramento ao longo da ponte em Rhede. Agora, sua presa não poderia mais escapar-lhe!

* * *

A pequena frota de Mendigos do Almirante Sonoy flutuava sobre as águas de Dollart. Há duas semanas, eles tinham vencido uma batalha contra uma série de navios espanhóis. Quando Conde Lodewyk e seu exército entraram em Jemmingen, Sonoy imediatamente trouxe comida de Emden para os soldados famintos. Lodewyk também recebeu uma quantidade considerável de recursos com os quais poderia pagar seus mercenários amantes de dinheiro. No entanto, este não era o momento certo para isso. A noite logo cairia sobre eles e, ao primeiro raio de alvorada, o acampamento precisava estar fortalecido antes da chegada de Alba.

Martin, seu pai e Boudewyn encontraram lugar para descansar em um celeiro, onde outros holandeses também estavam dormindo. Sultão acomodou-se ao lado de Martin, que tinha se deitado sobre um pouco de palha. O rapaz estava cansado da longa marcha, assim como todos os soldados. Forte como o ferro, somente Boudewyn ainda sentia-se bem. Talvez isso se devesse ao seu otimismo, em contraste com a depressão de seus amigos.

"Nossa situação aqui não é tão ruim", disse Boudewyn alegremente. "Alba vai atacar amanhã, mas só é possível para ele avançar com suas tropas sobre o dique e ao longo da estrada estreita que corre ao pé do dique. Esse acesso está bloqueado pelos nossos canhões. O terreno ao lado da estrada é pantanoso e cheio de valas. Como vocês notaram hoje, enquanto marchávamos em direção a Jemmingen, três canais de drenagem correm através dos diques. As pontes sobre estes canais foram destruídas nesta noite. Uma defesa determinada teria boas chances aqui".

"É aí que está a crise", Sr. Meulenberg respondeu. "Conte Lodewyk está suficientemente disposto, assim como a maioria dos voluntários holandeses, mesmo não sendo muito bem treinados. Mas são esses soldados alemães que se recusam a cooperar".

"Eles terão de lutar, pois não há outra saída", o ferreiro anunciou com entusiasmo. Sr. Meulenberg encolheu os ombros.

"Isso me parece desolador. Esses sujeitos sabem que Conde Lodewyk conseguiu dinheiro e só falam nisso. Eles exigem que seus salários sejam pagos amanhã, enquanto a razão pela qual estamos lutando não os sensibiliza. Porém, é melhor tentarmos dormir um pouco nas horas restantes desta curta noite. Queira Deus que tudo corra bem". Quinze minutos depois, o trio estava dormindo.

* * *

Muito cedo, na manhã de 21 de julho, Lodewyk de Nassau saiu de sua tenda. Ele tinha dormido apenas algumas horas e se sentia cansado. Na verdade, apenas a força de seu caráter o sustentava. Este deveria ser um dia decisivo e ainda havia muito a ser feito antes de seu exército estar pronto para a batalha. Ele estava vestido com uma armadura, pronto para a batalha, e William de Bloys, o Senhor do Treslong, uniu-se a ele quase imediatamente. Logo surgiram vários oficiais de outras tendas ou cabanas próximas. Lodewyk deu ordens claras e nítidas. As tropas que guardavam as pontes derrubadas precisavam ser reforçadas e os buracos no dique Ems ampliados. Foi preciso construir um bom entrincheiramento de terra no local onde a estrada do dique entrava na aldeia. Assim que ele teve certeza de que Alba atacaria, tornou-se necessário perfurar o dique em dois pontos para inundar a terra baixa. Se todas estas estratégias fossem prontamente colocadas em prática, seria quase impossível para Alba tomar a posição dos Mendigos.

Minutos depois, as trombetas convocaram todos os soldados à ação. Muitos deixaram seus alojamentos noturnos arrastando os pés e com uma evidente relutância escrita em seus rostos. Mesmo assim, eles marcharam para seus postos designados.

Martin e seus companheiros, com mais alguns holandeses, foram agrupados com uma grande divisão alemã para construir um muro em frente à vila. Pás foram entregues e o trabalho começou. Os holandeses trabalhavam duro, mas os mercenários mal levantavam uma pá cheia. Eles reputavam este trabalho como indigno, considerando a tarefa mais adequada aos caipiras holandeses.

Um sujeito alto, com um sorriso insolente no rosto, próximo a Boudewyn, Sr. Meulenberg e Martin, inclinou-se sobre sua pá observando os árduos esforços dos holandeses. Ele ladrou ordens e se comportou tão miseravelmente que Boudewyn finalmente o agarrou e o sacudiu com força. A gritaria dos alemães atraiu um grande número de seus compatriotas à cena, quase gerando uma confusão generalizada. Rapidamente, um oficial dividiu as equipes e o trabalho foi retomado. O indignado ferreiro, arrependido da sua ira, iniciou seu trabalho com mais zelo do que antes. Apesar dos soldados preguiçosos, o muro foi terminado a tempo.

A cavalo, o próprio Conde Lodewyk corria de uma tarefa para a outra, incitando os soldados a irem mais rápido. Porém, constantemente ele encontrava oposição. Um oficial informou o Conde de que apenas um pequeno volume de água estava chegando pelos buracos no dique porque os soldados se recusavam a apressar-se. O Conde rapidamente cavalgou até lá. O que ele encontrou o assustou. A maioria dos mercenários estava visivelmente ociosa.

"Comecem a trabalhar, homens, os buracos precisam ser muito mais profundos. Logo o inimigo estará à vista", o Conde ordenou. Alguns pegaram lentamente suas pás e começaram a cavar, mas a maioria deles se recusou.

"Com sua permissão, Senhor Conde", um dos mais impulsivos disse, "não fomos contratados para cavar, mas para lutar, e isso somente se formos regularmente pagos. Gostaríamos de ver o nosso dinheiro primeiro". Outros murmuraram de acordo. A ira fez um rubor tomar conta do rosto do impetuoso Conde. Ele estava incrivelmente irritado com a atitude daqueles mercenários.

"Você terá seu dinheiro, meu chapa, mas como as tropas de Alba estão se aproximando, não podemos desperdiçar nossas horas distribuindo salários. Estamos preocupados agora com a libertação dos Países Baixos e a segurança de nossas próprias vidas. Há uma boa possibilidade de ganharmos esta batalha, mas com o tipo de preguiça que vejo aqui, tudo vai por água abaixo", o Conde rugiu.

Enquanto falava, o Conde saltou de seu cavalo, tomou a pá das mãos do soldado e começou a cavar ele mesmo. Isso ajudou; alguns, envergonhados de suas ações, começaram a cavar com seriedade também. Logo, o buraco ficou maior e a água começou a fluir por ele.

Em seguida, um mensageiro surgiu em grande velocidade, chamando: "Senhor Conde! É necessário sua presença imediata junto à artilharia de campo!".

Saltando em seu cavalo, Lodewyk correu em direção ao entrincheiramento na entrada da vila, onde seis canhões estavam posicionados. Logo que saiu de vista, os soldados que cavavam relaxaram seus esforços novamente e retomaram suas queixas por falta de pagamento.

Quando o Conde de Nassau chegou à artilharia, percebeu que os canhões não foram sequer carregados. Apenas um pequeno grupo de mercenários conseguia manejar os canhões. Aqui também havia má vontade, e eles se recusavam a ouvir seu comandante. O Conde, despejando uma torrente de palavras iradas, lembrou-lhes de seu dever, causando uma vagarosa tentativa de iniciar os trabalhos.

Um temível presságio apoderou-se do Conde. Será que seu plano fracassaria por conta da falta de vontade dos mercenários? Outro mensageiro aproximou-se muito rápido e parou ao lado do conde.

"Senhor Conde, o combate começou! Os espanhóis estão tentando tomar os buracos do dique!". Conde Lodewyk empalideceu ao ouvir esta notícia. O inimigo tinha chegado mais cedo do que ele esperava.

"Nossos homens estão lutando?", perguntou rapidamente.

O mensageiro hesitou por um momento antes de responder: "Alguns sim, mas a maioria deles bateu em retirada. O primeiro buraco já foi perdido e o segundo está em perigo...".

"Aqueles covardes! Eles estão deliberadamente desperdiçando suas vidas? Devemos contra-atacar e tomar de volta o buraco perdido!", gritou Lodewyk. Em grande velocidade, ele entrou na aldeia, onde duas grandes fileiras de soldados estavam posicionadas.

Ao gritar suas ordens, pareceu por um momento que os soldados recusariam a acatar seu comando. Ele ouviu a murmuração por dinheiro e gritos de "Primeiro, um pouco de dinheiro!" e "É melhor fugir enquanto podemos!".

Com uma voz de trovão, o Conde gritou: "Homens, lutem por suas vidas! Não há nenhuma maneira de escapar. Em poucas horas, a batalha pode ser nossa e vocês receberão espólios de guerra e um bom salário!".

Mais uma vez, o corajoso comandante venceu. O murmúrio rebelde cessou e os soldados começaram a se mexer.

"Podemos nos juntar ao ataque, Senhor Conde?", perguntou Boudewyn, que estava por perto com seus amigos. A expressão sombria no rosto do Conde desapareceu. Restavam ainda homens de confiança! Ele sorriu um pouco, mas balançou a cabeça.

"Tenho outros trabalhos para vocês. Sigam-me". Dez voluntários equipados com pás seguiram Conde Lodewyk até o dique Dollart.

22

JEMMINGEN

Naquela manhã, Alba marchou com dezessete mil homens da infantaria e uma cavalaria de três mil ao longo da estrada do dique de Rhede para Jemmingen. Com seu grande exército, ele estava determinado a destruir os rebeldes. Eram dez horas quando chegaram à primeira seção do exército de Lodewyk pelas brechas no dique. Imediatamente, Alba ordenou ao capitão Romero que atacasse com mil e quinhentos soldados selecionados. Com a maioria de seu exército, ele permaneceu escondido atrás de uma curva na estrada.

Os soldados fortemente armados repeliram os homens de Lodewyk com suas armas de fogo e, rapidamente, construíram pontes de emergência em todos os grandes buracos do dique.

O Lorde de Treslong e Joost van Schouwenburg chegaram tarde demais com os reforços. As seções do dique estavam nas mãos do inimigo.

Treslong e Van Schouwenburg atacaram repetidamente, mas os espanhóis, suportando a forte oposição, conservaram a seção do dique. Os holandeses lutaram implacavelmente, e, se os mercenários alemães tivessem igualmente resistido ao inimigo, seria possível que promovessem a retirada dos espanhóis. Contudo, isso não aconteceu.

Aos homens responsáveis pelos canhões faltou vontade, e todos eles exibiram um péssimo desempenho. Eles carregavam a artilharia com lentidão e sua pontaria era terrível. A maioria dos soldados ainda estava na aldeia aguardando o ataque principal de Alba.

Por um dos presos, o Duque de Ferro soube da situação do Conde: como o maior grupo de soldados se recusava a participar da luta. Seu rosto exibiu um sorriso cruel, mas ele se recusou a ser atraído para longe de sua posição. Romero pediu reforços, mas foi em vão.

Alba queria que Conde Lodewyk pensasse que ele tinha vindo com apenas mil e quinhentos homens para Jemmingen. O mais provável é que Conde Lodewyk, então, levasse todas as suas tropas para fora da aldeia. Quando isso acontecesse, seria a hora de o astuto líder espanhol colocar todo o seu plano em ação.

Boudewyn e seus amigos estavam cavando um buraco no dique Dollart. Mesmo que o ar estivesse úmido e frio, o suor escorria pelos seus rostos. Foi um trabalho árduo. Conde Lodewyk mostrou-lhes onde cortar o dique e mais Mendigos haviam se juntado ao trabalho pesado. O dique Dollart era muito mais amplo e elevado do que o dique do rio porque a diferença de marés era maior ali. Ele tinha sido construído com um barro pesado difícil de ser removido. Aquela era uma última tentativa desesperada de inundar a ilha em que Jemmingen foi construída. A vila ficaria livre da água, mas toda a terra em seu lado oeste seria inundada.

Os diques do rio que foram conquistados por Alba já não poderiam servir ao seu propósito. O nível da água não passou de trinta centímetros e isso não era suficiente para proteger a posição do Conde Lodewyk. Seria desastroso se Alba chegasse com todo o seu exército.

Apoiando-se em sua pá para recuperar o fôlego, o Sr. Meulenberg olhava ao redor com preocupação. Eles tinham chegado ao nível da água. As ondas salgadas batiam em seus pés. Isso dificultou ainda mais a escavação. No entanto, isso não era tão ruim. Havia outro fator que incomodava mais o agricultor e enchia sua mente de apreensão. A maré tinha atingido o seu nível mais alto e logo baixaria. O medo de ser tarde demais penetrou em seu coração. Por um momento, seus olhos encontraram os de Boudewyn. Parecia que o ferreiro abrigava os mesmos pressentimentos. Prontamente, eles voltaram a cavar com diligente zelo, assumindo que poderiam acalmar suas preocupações com o esforço.

Martin também cavava bravamente apesar do cansaço. Nos dias de outrora, muitas vezes ele ajudara seu pai cavando na fazenda. Este, porém, era um trabalho muito pesado e pareceu quase demais para o jovem rapaz.

Por um momento, ele ouviu os gritos de guerra que vinham do outro lado da aldeia. Parecia que a luta estava ficando mais intensa. Seus olhos recaíram sobre Sultão, que demonstrava inquietação. Chorando baixinho, o cão olhou para a direção oposta à Jemmingen. Virando-se para ver, Martin ficou em choque.

* * *

Enquanto os espanhóis continuavam a defender-se, o espírito de luta dos mercenários de Lodewyk gradualmente diminuía. Capitão Romero percebeu isso e utilizou em seu benefício. Instando suas tropas a avançar, ele começou a ganhar espaço ao longo da estrada estreita.

Treslong e Van Schouwenburg inutilmente tentavam incentivar seus homens a lutar. Porém, os homens estavam cansados do combate e não conseguiam superar os veteranos espanhóis. Alguns bateram em retirada, resmungando que era melhor se render.

Lodewyk de Nassau percebeu a ameaça de perigo enquanto esperava com a maioria de seus soldados atrás da trincheira. Era meio-dia e Alba ainda não tinha aparecido. Talvez ele tivesse enviado apenas uma pequena divisão para Jemmingen! Recusando-se a hesitar mais, Lodewyk deu a ordem para atacar. Com bandeiras esvoaçando e tambores retumbando, eles avançaram para fora da aldeia em direção ao campo de batalha.

Embora os mercenários não tivessem o ardente desejo de lutar do seu líder, eles o seguiram. A luta irrompeu e os espanhóis foram obrigados a recuar um pouco. Romero novamente pediu ajuda a Alba.

O general espanhol mostrou um sorriso sinistro ao saber que todo o exército de Lodewyk tinha deixado a aldeia. Era chegado o momento de seu segundo passo. Ele enviou uma mensagem rude a Romero dizendo que os soldados espanhóis, que eram incapazes de conquistar a aldeia com suas próprias forças, deveriam pelo menos conseguir manter a sua posição.

Depois que o mensageiro partiu, Alba chamou um dos seus oficiais mais valentes, o capitão Don Lopez de Figuerroa. Alba ordenou que ele atacasse o exército de Lodewyk por trás. Ele deveria conduzir suas tropas ao redor da aldeia em um amplo círculo através da terra inundada.

Os experientes soldados não ficaram convencidos, mas estavam acostumados a obedecer as ordens de seu líder. A linha de frente, armada com longas varas, mediu a profundidade da água e ficou surpresa ao descobrir um nível d'água muito raso.

A maior parte dos soldados permaneceu com Alba e, depois de esperar cerca de quinze minutos, ele avançou para ajudar Romero.

* * *

"Pai, veja!", Martin gritou.

Horrorizado, Sr. Meulenberg viu os soldados espanhóis se aproximarem. Os outros Mendigos também perceberam. Sua tentativa de inundar a ilha havia fracassado. Rapidamente eles entraram em ação. Apenas mais alguns minutos e os espanhóis estariam sobre eles e lutar seria inútil. Eles não eram páreo para um número tão grande.

"Precisamos advertir Conde Lodewyk!", exclamou Boudewyn. "Nosso exército está caindo numa armadilha!".

Eles fugiram com os espanhóis atirando em perseguição. Entretanto, a distância era muito grande, e eles puderam chegar à aldeia em segurança. Uma grande confusão havia se formado ali. Carroças do exército estavam abandonadas e os moradores preocupados, com rostos temerosos, questionavam um a outro o que fazer. Pior ainda foi encontrar os grandes grupos de soldados alemães partindo em retirada.

"Por que vocês não estão lutando?", Boudewyn perguntou.

"A batalha está perdida! Todo o exército de Alba está atacando. Se você for esperto, fuja enquanto ainda é possível", um dos desertores respondeu.

"Seus covardes!", Boudewyn gritou com raiva. "Vocês não conseguirão porque os espanhóis estão vindo pelo outro lado também!". Imediatamente ele mordeu o lábio em arrependimento. Recusando-se a proferir mais uma palavra, ele e seus amigos abriram caminho pela multidão usando os punhos sempre que necessário. Porém, o dano já estava feito. As notícias de que Alba estava ao redor deles se espalharam como um incêndio.

"Temos que encontrar Conde Lodewyk antes que seja tarde demais", resmungou Boudewyn, abrindo caminho com o próprio corpo entre os mercenários alemães que fugiam. Muitos foram derrubados por seus fortes braços, que giravam como marretas.

Eles chegaram à trincheira de barro, notando a artilharia deserta e alguns homens ociosos parados. Do outro lado do entrincheiramento, estava o exército com Conde Lodewyk correndo de um grupo para outro ordenando-lhes a atacar. A maioria deles não dava nenhuma atenção, retirando-se gradualmente.

Com grande dificuldade, Boudewyn conseguiu chegar a Lodewyk. "Senhor Conde! Os espanhóis nos cercaram! Eles estão vindo pelo outro lado da aldeia!", o ferreiro gritou.

Em choque, o Conde de Nassau inclinou-se sobre a sela pedindo mais detalhes. Então, ele cavalgou até os canhões, ordenando os atiradores a virá-los para a artilharia e dispararem em Don Lopez e seu exército, que se aproximavam rapidamente. Porém, não havia um atirador à vista.

Fervendo de raiva por tão flagrante negligência do dever, Lodewyk saltou de seu cavalo e, com a ajuda de alguns Mendigos, virou um dos canhões, carregou e disparou. A bala de canhão atingiu e matou um bom número de espanhóis, mas não havia tempo para carregar o canhão novamente. Os espanhóis atacaram o pequeno grupo.

"Corram! Fujam!", Os mercenários gritavam, correndo para onde pensavam que a fuga seria possível. A maioria deles correu em direção ao rio Ems. De súbito encheram vários barcos que estavam ancorados ali até que ficassem lotados. Um navio pequeno e sobrecarregado afundou ao chegar na metade do caminho. O pânico irrompeu tão repentinamente que quase todos foram afetados. Na pressa de escapar, os soldados empurravam uns aos outros da margem para o rio caudaloso, onde encontravam uma morte miserável.

Apenas um pequeno número de decididos companheiros, em sua maioria voluntários, uniu-se em torno de Lodewyk de Nassau, lutando uma batalha desesperada. Entre eles, estava o valente nobre Barthold Entens van Mentheda da cidade de Groningen. Havia também vários nobres da Frísia e um grupo de soldados comuns, entre os quais estavam Boudewyn, Sr. Meulenberg e Martin.

Com grande coragem, eles lutaram, abriram caminho entre o inimigo até um espaço mais aberto, próximo ao rio. Os gritos de vitória dos espanhóis eram ouvidos de todos os lados enquanto os mercenários em fuga eram perseguidos e mortos. O inimigo não conseguiu perceber que o Conde de Nassau estava entre o resistente núcleo final.

Mesmo assim, o perigo continuava e os fiéis soldados do Conde tentaram cercá-lo e protegê-lo. Isso foi difícil, já que seu nobre e impetuoso comandante desejava abrir seu próprio caminho lutando. A derrota de seu exército o encheu de uma emoção tão profunda que ele quase desejou morrer na batalha. Com sua enorme espada, ele desferia golpes em torno de si, sem pensar em qualquer perigo.

Obviamente o pequeno grupo diminuiu rápido com os ataques furiosos das muitas tropas de Alba. Martin defendeu-se com sua curta lança. Sultão lutou ao lado dele atacando a garganta de um espanhol que chegou muito perto de Martin. Sr. Meulenberg também tentou afastar todo perigo de seu filho, mas foi atingido no braço esquerdo por uma lança.

Eles se aproximaram do dique, mas encontraram outro obstáculo inesperado. No interior do dique corria um largo riacho. Felizmente, havia uma represa a apenas vinte metros de distância pela qual era possível chegar ao dique. Boudewyn conduziu o pequeno grupo de tal forma que ele seria o último a subir. Ali, repeliu cerca de cem espanhóis com sua arma favorita, um longo bastão de ferro. Muito pesado para qualquer outro homem, este revelou-se uma terrível arma nos braços poderosos do ferreiro, que o balançava ao seu redor em perseguição mortal.

Por cinco minutos ele lutou, dando a Conde Lodewyk tempo para desmontar sua armadura. Em seguida, jogando seu bastão com um poderoso impulso para o meio dos adversários, escalou o dique e foi o último a saltar na água.

* * *

Quando Boudewyn entrou no rio, o Sr. Meulenberg e Martin estavam na metade do caminho. A corrente era forte e os atraía ao mar. Lutando por suas vidas, tentaram nadar contra a maré e se dirigiram para uma pequena ilha no meio do rio, onde um grupo de homens já havia se refugiado. No entanto, Martin e seu pai não estavam conseguindo chegar até lá.

Sr. Meulenberg tinha perdido muito sangue com o ferimento em seu braço. O fazendeiro sentia-se fraco e tonto de dor, e era incapaz de ajudar Martin. O menino era cada vez mais puxado para o rumo errado, apesar de todos os seus esforços para lutar contra a corrente. Ele estava exausto e seus movimentos diminuíram até que sua cabeça submergiu, reapareceu e, depois, afundou novamente...

Sultão veio em resgate de seu dono. Agarrando-o pela gola do casaco, levantou a cabeça do quase inconsciente garoto acima da água. Essa ação deu a Martin uma energia renovada. Seus olhos embaçados clarearam, e ele procurou a margem leste do rio. Martin reparou que seu pai se debatendo à sua frente. Algo no semblante dele deixava transparecer que seu pai não poderia continuar por muito tempo.

Porém, Martin também notou um barco cursando exatamente o caminho entre ele e seu pai. Dois homens estavam remando e havia um terceiro que provavelmente tinha sido retirado da água.

Martin gritou por socorro, mas eles não responderam. Os espanhóis começaram a atirar contra os nadadores, e resgatar Martin ou seu pai traria os remadores para mais perto de perigo. Então, o terceiro homem deu uma ordem, acompanhada de um gesto com a mão, o que indicou a Martin que a ajuda estava a caminho.

Quando o barco se aproximou, Martin percebeu que o terceiro homem era o Conde Lodewyk! Os outros tripulantes só pensavam na segurança do Conde, mas ele não queria ser protegido sem pensar nas outras pessoas. Poucos minutos depois, o par de afogados foi içado para o pequeno barco. Foi bem em tempo, pois o Sr. Meulenberg já estava no fim de suas forças. Sultão não precisava de ajuda e continuou nadando ao lado do pequeno barco.

Perplexo e preocupado, Conde Lodewyk inclinou-se sobre o Sr. Meulenberg, examinando bem pai e filho. Todavia, o agricultor rapidamente recuperou a atitude e pôde sorrir para o Conde quando Lodewyk perguntou como ele se sentia. "Eu vou ficar bem, Senhor Conde! Muito obrigado por sua ajuda. A morte estava muito perto de nós. O senhor saiu ileso?".

"Completamente! Embora uma morte honrosa no campo de batalha teria sido preferível a esta derrota total! Deus quis o contrário e Sua vontade é sempre a melhor. Talvez Ele me conceda mais uma oportunidade de me dedicar a esta causa justa".

"O senhor não crê que a causa esteja totalmente perdida, Senhor Conde?", perguntou o fazendeiro, hesitante.

Delicadamente, o Conde sacudiu a cabeça. O Sr. Meulenberg detectou um zelo santo nos olhos do Conde, que já havia visto nele outras vezes.

"Certamente que não! Talvez seja uma longa disputa, e talvez sejamos obrigados a sacrificar nossas vidas por isso. Mas nunca devemos desistir. Se Deus quiser, a tirania será dissipada na Holanda. O Senhor não abandonará a Sua Igreja oprimida".

"Eu acredito nisso também", Sr. Meulenberg respondeu emocionado. As palavras de seu líder destemido renovaram sua coragem. Estas não eram palavras vãs edificadas sobre sua própria força. Este era o vocabulário de um cristão, cuja força estava em Deus! Martin, com os olhos brilhando, também ouvira a confissão do Conde.

O barco tinha alcançado a margem oriental do rio Ems. Rapidamente, todos eles deixaram a embarcação[33] e escalaram pelo dique. Os fugitivos os rodeavam, a maioria deles encharcados. Imediatamente, o Conde, com sua habitual presença de espírito, reuniu os homens dispersos e os enumerou. Entens e

---

33 Na realidade, Conde Lodewyk nadou pelo rio Ems. A história do barco é fictícia.

vários outros nobres estavam lá. Treslong também chegara em segurança, embora gravemente ferido.

"Onde está o valente ferreiro Boudewyn?", Conde Lodewyk perguntou, expressando uma pergunta que já tomava conta das mentes de Sr. Meulenberg e Martin.

"Bem aqui, Senhor Conde!", uma voz familiar anunciou. Virando-se, avistaram Boudewyn chegando da parte de cima do dique e descendo na direção deles. Cheio de alegria, Martin correu até ele. Sr. Meulenberg também demonstrou contentamento e Conde Lodewyk deu-lhe um aperto de mão caloroso.

Aos poucos, mais homens resgatados reuniram-se em torno do Conde, mas era uma pequena e lamentável parcela em comparação com os números que ele havia comandado apenas algumas horas atrás. Do outro lado do rio, os gritos de soldados espanhóis podiam ser ouvidos. Eles estavam à procura de fugitivos escondidos nas fazendas ou em arbustos. O grupo de Lodewyk também escutou os gritos de horror quando um fugitivo foi encontrado e morto.

"É melhor irmos embora daqui", disse Boudewyn delicadamente ao Sr. Meulenberg. "Não podemos fazer nada e devemos ir para Emden".

Um sorriso cruzou o semblante sombrio do Sr. Meulenberg, e ele olhou para Martin. Uma onda de gratidão tomou conta do pai por Deus ter poupado a vida de ambos, bem como a de seu querido amigo Boudewyn – enquanto milhares tinham caído neste dia angustiante. A derrota foi terrível, mas a esperança ainda estava viva. Com a ajuda de Deus, uma nova oportunidade para libertar a Holanda viria. "Estamos voltando para a Mamãe, Martin!", anunciou em uma voz calorosa.

O rapaz, impressionado com os acontecimentos e lutando contra as lágrimas, olhou para cima com alegria. Mãe! Como

ansiava por ela e, agora, ele a veria em breve. Os três dirigiram seus passos pela estrada empoeirada em direção ao norte.

Embora o dia estivesse quente, suas roupas molhadas dificultavam a caminhada. Somente Sultão, completamente seco, estava animado e pulava ao lado de seu dono. Preocupado, o Sr. Meulenberg olhou para Martin, que parecia esgotado. Embora o sangramento tivesse parado, ele também estava cansado e a ferida da lança doía terrivelmente.

Meia hora depois, eles viram um palheiro que deu a Boudewyn uma ideia. "Vamos secar nossas roupas na grama enquanto mergulhamos no feno e tiramos uma soneca", sugeriu. "Isso vai nos fazer bem e é mais fácil andar com as roupas secas".

Todos concordaram e, cinco minutos depois, estavam escondidos naquele cheiroso feno fresco. O ferreiro tinha enrolado a ferida do fazendeiro com o melhor que suas habilidades permitiam, e suas roupas estavam espalhadas ao pé do monte de palha, protegidas por Sultão.

Martin ficou imensamente satisfeito com esta pausa. O feno fazia cócegas em sua pele e o deixou completamente confortável. Era bom estar aqui, onde nenhum espanhol malvado poderia feri-los! A imagem de sua mãe passou pela sua mente e logo ele adormeceu.

Poucas horas depois, Martin foi despertado por seu pai. "Vamos, Filho, suas roupas estão secas e devemos tentar alcançar Emden esta noite". Grogue de sono, Martin tentou manter os olhos abertos. No céu, o sol estava baixo, e seu pai e Boudewyn já estavam vestidos. Eles tinham deixado que ele dormisse o máximo possível.

Rapidamente, Martin se vestiu e, logo, eles estavam novamente em sua jornada ao longo da estrada de terra. Apenas alguns minutos depois, a carroça de um fazendeiro, com alguns Mendigos nela, os alcançou. O agricultor lhes permitiu que também subissem.

Logo, grupos de pessoas ansiosas, provenientes de Emden, apareceram. A maioria era de parentes dos homens que tinham seguido a bandeira de Conde Lodewyk. A notícia da derrota se espalhou de forma incrivelmente rápida graças à maré, que trouxe centenas de chapéus dos soldados que se afogaram. Os familiares estavam preocupados com seus entes queridos e queriam saber o que tinha acontecido com eles.

O fazendeiro era continuamente obrigado a parar, permitindo que os homens em sua carroça respondessem a todo tipo de pergunta. Não era possível dar muita esperança aos inquiridores.

Outro grupo se aproximou. Eram idosos, mulheres e crianças com os olhos assustados. O fazendeiro parou o cavalo. Uma mulher se aproximou...

"Mãe!", Martin gritou e pulou da carroça se jogando nos braços da mulher. Segundos depois, seu pai também abraçava sua esposa. Lágrimas de gratidão fluíam do rosto da Sra. Meulenberg. Ela temia que seus familiares estivessem mortos, constantemente orando a Deus por auxílio e força.

A família reunida, toda na carroça, logo seguiu seu caminho para Emden. Milhares de perguntas foram feitas e muito foi dito. Muitas coisas tristes, mas também algumas boas novas. A tristeza da derrota foi temperada com a felicidade do reencontro. Com alegria nos olhos, a mãe de Martin olhou para o marido e o filho e também sorriu sinceramente por Boudewyn.

Antes de chegar ao portão da cidade, agradeceram ao agricultor pela carona e entraram em sua humilde casa. Após uma difícil campanha de três meses, eles estavam a salvo e de volta ao lar.

* * *

Cerca de uma semana depois, o Sr. Meulenberg e Martin estavam trabalhando no pequeno pedaço de terra atrás de sua casa. A ferida no braço do Sr. Meulenberg tinha causado alguns problemas e, por isso, ele não tinha procurado outro emprego como lavrador. De qualquer forma, havia muito trabalho a ser feito em casa.

Martin tampouco tinha retornado para a fábrica de tecidos. No fundo de seus corações, pai e filho sabiam muito bem a razão real que os impedia de retornar aos seus antigos trabalhos. Durante três meses, eles lutaram para libertar sua nação. Seu objetivo não se materializou. O povo dos Países Baixos ainda suspirava sob o jugo da opressão espanhola, e os protestantes eram duramente perseguidos. Sua incapacidade de ajudá-los foi um fardo pesado para os Meulenbergs. Claro que eles podiam orar pelo país e pela igreja, o que fizeram fielmente, mas eles desejavam estar ativamente envolvidos em dissipar a tirania do Rei Espanhol.

Naquela tarde ensolarada, pai e filho estavam colhendo feijões de seu jardim. Era um trabalho cansativo e o suor escorria de suas sobrancelhas enquanto o sol brilhava sobre suas costas encurvadas. Endireitando-se para aliviar a dor nas costas, o Sr. Meulenberg viu Boudewyn descendo pelo caminho do jardim.

Todas as manhãs, o ferreiro partia para o porto. Às vezes, havia reparos a serem feitos nos navios. Ele também tinha muito contato com pessoas de todas as áreas, questionando-as sobre a causa reformada na Holanda.

Examinando o rosto de Boudewyn, Sr. Meulenberg notou que hoje havia novidades. Rapidamente, ele depositou os grãos colhidos em um saco e disse: "Venha, Martin, creio que nosso amigo tem algo a nos dizer". Momentos depois, eles se sentaram ao redor da mesa em casa, cada um com um copo de coalhada para saciar a sede.

Na verdade, o ferreiro tinha algumas novidades para contar, embora não fossem muito animadoras. Ele tinha conversado com várias pessoas que recentemente atravessaram a fronteira de Ommelanden. Elas relataram os atos vergonhosos cometidos pelos soldados espanhóis após a batalha em Jemmingen.

Alba e suas tropas permaneceram no campo de batalha por três dias.[34] Então, ele liderou seu exército por Ommelanden até Groningen, enquanto os soldados provocavam terrível devastação ao longo do caminho. Os céus foram tingidos de vermelho em cada cidade, vila ou aldeia que eles tinham incendiado. Mulheres e meninas foram abusadas, homens assassinados e todos os seus pertences queimados. No final, isso foi demais até para Alba, e ele enforcou alguns dos piores comandantes.

Consternados, eles escutavam as palavras de Boudewyn. Esse foi o resultado de sua corajosa tentativa de libertar seu país. "O Senhor nos conduz por um caminho sombrio", disse a Sra. Meulenberg. "Ainda há esperança para nossa libertação?".

---

34 Isso era costume naquela época.

"Eu certamente acredito que há!", o ferreiro respondeu. "Talvez essa tribulação, sob a orientação de Deus, opere um livramento mais rápido do que pensamos. O pesado punho de Alba está agitando e acordando o povo. Até agora, confiamos demais em estranhos contratados. A vitória que conseguimos em Heiligerlee quase não foi alcançada e você sabe quão pouco os mercenários foram confiáveis em Jemmingen. São nossos compatriotas que devem lutar esta batalha e os reformados devem assumir a liderança".

"Os cidadãos comuns não são treinados para a batalha!", Sr. Meulenberg declarou.

"Eles podem aprender, assim como aprendemos nos últimos meses. As tropas de elite de Alba podem ser derrotadas se estivermos preparados para dar o nosso melhor pela verdadeira fé".

"E as campanhas do Príncipe de Orange?".

"Ele está ocupado reunindo tropas para atacar o sul da Holanda. Provavelmente será outono antes que esteja pronto. Muitos têm grandes expectativas para essa tentativa. No entanto, os mercenários do Príncipe não serão mais confiáveis do que os de Conde Lodewyk".

Um suspiro profundo escapou do Sr. Meulenberg. "Eu não gostaria de ser impaciente e estou verdadeiramente grato a Deus por nos trazer em segurança para casa, mesmo que seja uma casa no exílio. Mas desejo muito estar ativamente envolvido nesta causa".

"Eu sou da mesma opinião", comentou o ferreiro, com uma determinação peculiar em sua voz. "Hoje, tomei minha decisão. Eu sei o que devo fazer. Como não restam cidadelas para nós na Holanda, há apenas um reduto que permanece".

"O que você quer dizer?", Sr. Meulenberg perguntou surpreso.

"A frota dos mendigos! Conde Lodewyk encaminhou autorizações, em nome do Príncipe de Orange, para alguns capitães Mendigos atacarem e acabarem com a frota espanhola. Talvez eles possam até conquistar um porto para entrar na Holanda".

Depois de considerar isso por alguns minutos, os olhos do Sr. Meulenberg começaram a brilhar. "Você está certo! Em terra, os espanhóis ainda são fortes demais para nós, mas podemos causar-lhes danos consideráveis no mar".

"Eu sei de vários capitães que receberam tal autorização", o ferreiro continuou. "Hendrik Tomasz, Diederik Sonoy e os irmãos Abels".

"Fokke Abels também? O homem que nos ajudou a escapar do Distrito Norte?", Martin perguntou, finalmente falando depois de ter escutado atentamente todo esse tempo.

"Exatamente, o nosso bom e velho amigo com o seu navio, *A Galera*. Há algumas semanas, junto com Sonoy e alguns outros capitães, ele derrotou a frota de Frans van Boschhuyzen no rio Ems. Eles são um bando de broncos, mas excelentes lutadores. Jan Abels perdeu um grande número de homens nessa luta e está recrutando mais homens no porto neste momento. Decidi alistar-me com ele".

"Posso ir também"?

"Isso deve ser decidido por seus pais", respondeu Boudewyn.

Martin corou. "Foi isso que eu quis dizer, claro". Ele gaguejou. "Pai, Mãe, eu... gostaria muito de lutar contra o inimigo. Posso ir junto com Boudewyn?".

Um silêncio pairou sobre a pequena casa. A mãe empalideceu e o rosto de seu pai revelou uma tempestade de emoções. Ele percebeu muito bem o que uma separação poderia significar para a sua esposa. No entanto, ele não nutria os mesmos anseios que Martin acabara de expressar? Ele não deveria aproveitar esta oportunidade?

Olhando para a sua esposa, ele falou: "O desejo de Martin e Boudewyn também é o meu. Com satisfação, também estarei à disposição do príncipe. Contudo, estamos em casa há apenas uma semana e você vai ficar sozinha de novo. Qual a sua opinião, Mãe?".

A Sra. Meulenberg enxugou os olhos e os lábios tremiam. Mas, com uma voz firme, ela disse: "Se é proveitoso para o país e para a igreja, eu estou disposta a entregar meus bens mais queridos. O Senhor também pode guardá-los seguros em alto mar ".

Sr. Meulenberg levantou-se e abraçou a esposa. Então, sorriu para o filho e Boudewyn. Seu rosto mostrava alegria, mas parecia muito sério. "Vamos nos alistar na frota dos Mendigos! Se Deus quiser, ainda conseguiremos dissipar a tirania e libertar o nosso povo!".

9 788562 828317